火山花园

燃情诗选

陈响林 / 著

文化藝術出版社
Culture and Art Publishing House

序

响林要出诗集的事儿，早跟我说了，但我开始没太当真。因为他整天忙于应酬，又吊儿郎当没个正经，这不怪我。何况在我心目中，大学毕业后，响林的诗人身份就已经结束了。

谁知过了一段时间，他不但把出版诗集的计划付诸了实施，还破天荒地要请我作序。我心里话，太阳难道从西边出来了？同学几十年，我最了解他，他的眼里瞧得起谁？虽然人过中年后身体发福，貌似憨厚了很多，但他那股桀骜不驯的劲儿始终未减。我想，这小子保不齐又在玩坏呢，就顺手回了条微信："别急，让我好好想一下怎么损你。因为说坏话对你形象不好，说好话对我形象又不好。"令我意外的是，这一次他居然没反击。

他把稿子发来，我一直忙碌，过了好一阵才打开。但看了稿子，沉思良久，把损他的心思完全收了起来。我感到，他这次是认真的。他解释自己出书的目的："第一是为了圆个诗人的梦，第二算是做个人生总结吧。"这句话，让我有了沉甸甸的感觉，也促使我重新回顾了他这些年的经历，生出了无限感慨。

20世纪80年代是文学的黄金时代，我们上大学正好赶上它的尾巴，校园里文艺空气极浓，写诗的同学很多，光我们班就有好几个，还有一些是取了笔名而不写诗的。在同班同学里，响林的诗被认为写得最好，当然发表得也最多。

响林是山东人，据说当年入学时是我班成绩第一。也许因为高考成绩优异，也许因为自负诗才，这家伙行走总歪着脑袋，嘴角老挂着讽刺的微笑，有一种对谁都不服的架势。我第一次注意到他，居然是因为打架。兰州大学87级的新生军训，安排在刚入学时进行，同学们互相还没认全，就被拉到平凉的军营参加训练。突然有一天，全连集合，连长训话，说发生了打架事件，要打人者当众做检查。站在队列前面做检查的就是响林，他低着头，用极土的山东方言念了一页稿子，说的是啥，谁也没听清。若干年后，他得意扬扬地对我说，他那样是故意的。大概因为第一次检查做得不诚恳，他并没有改过自新，回校后又打过两次架。但他后来表示，对这些事儿都很后悔。我相信他说的是真话，因为他的豪爽热情，同学们是公认的。

军训结束后，凭着写诗的本事，响林很快赢得了我们班一个漂亮女生的青睐，让一帮男生恨得牙根直痒痒。他们俩一高一矮，出双入对，成了兰大校园的一景，也成为我们对大学生活的美好回忆之一。响林对学习专业课没有多少兴趣，他喜欢的是阅读和写诗，写好了偷偷地拿出去投稿。不知道从什么时候起,我们俩成了要好的朋友,没事的时候经常一起闲扯。这时候他总是一反常态地严肃,会很认真地谈论他喜欢的某个作家和作品,有时也会拿新写的作品给我看。我注意到他性格里有一种忧郁的东西,形诸笔端的文字空灵清丽,在同学中是比较少见的。那时候我们对外边的世界都很懵懂,对未来也没有什么规划,只为眼前的点滴进步和成就而陶醉。大学校园里那童话般的生活,很快就被毕业分配的现实打断了,我们的人生也走向了分化。

我因考上本系的研究生,继续留在学校。响林则经过艰辛的努力,拿到山东省水利厅的接收函,回到了他的家乡。他和我一样,都来自农村,家庭条件不好。记得大学三年级暑假,我们不约而同提前返校,他当时身无分文,吃饭困难,情急之下找了一份家教,只干了一次就病了。为了保住这份差事,我还替他上过几次课。响林急着参加工作,想尽快改变家境,只能把诗人梦先放到一边。但是水利厅对新分配来的大学生并不重视,直接把他下放到一个山区水库去实习。那里既没有蒲松龄笔下的花妖狐媚,也没有他所敬仰的缪斯,只有漫长的无聊和寂寞,这让他脑袋变得清醒了起来,设法离开了那个系统。

1993年冬天,为了联系考博,我去了一趟济南。火车凌晨2点到站,响林早早地就去等我了，半夜里没有公交车，我们走着回到了他的宿舍。那几天，济南下了入冬的第一场雪，也是几年来最大的一场。我从兰州出发时只穿了毛衣和秋裤，下了火车直冻得瑟瑟发抖。回到住处，我们联榻而卧，回首往事，感慨万千。这是我们毕业后第一次见面，他当时正在省外办编一份小报。在那个寒冷的冬天，响林给了我力所能及的帮助。我后来在济南读书时，他也在职场不断调整，几经折腾，进了电视台，生活工作才算步入了正轨。那时候他一切都刚起步，居无定所，四处飘荡。周末他常来看我，我也常去找他，他给我改善生活的主要方式是在家煮火锅。可以说，他在飘荡的状态中，为我那三年漂泊的读书生活，提供了很多照顾。如今回想起来，心头仍有暖流涌动。

经过多年的打拼历练，响林的人生经营得也算成功了，但我仍能清晰地感觉到，他眼神里那种忧郁的东西还在，他那桀骜不驯的性格并未改变。虽然每次见面，他都嘻嘻哈哈，我总觉得，他在有意抑制某种东西。我永远不能忘记，在那个寒冷的冬夜，我们彻夜无眠地回忆往事、诉说眼前，响林曾发过一句感慨："我为生活所迫，只能放弃理想了。"言语中的不甘，让我很是感伤——那一刻，我也不知道自己的未来在哪里。

有一次同学聚会，响林嬉皮笑脸地自嘲说："我上学时瞧不起老师，工作后瞧不起领导，现在是自己瞧不起自己。"这话引得大家哄堂大笑，我却再次听出了他心中的不甘，也再次察觉到了他眼神中那不变的忧郁。打那以后，他在微信朋友圈里经常转发自己的诗作，报刊上也时有作品发表，这表明他已重新捡起了诗歌。

响林在后记里说："诗和远方，是我青春时的梦想。当年远赴大西北读书，写诗成了最浪漫的事。青春曲曲折折，诗行歪歪斜斜，但诗融入了血液，一生涌动。我用诗代替足迹，告诉世界我曾来过。"这是他的自白，也证明我的判断不误。生活打断的是写作的过程，但在他心里，写诗的念头始终没有断过。我不能保证浪子回头的响林一定是非常优秀的诗人，但他肯定是极真诚的诗人。

关于写作，我们从未认真地聊过，因为每次见面，总是忙着互相"打击"对方，几乎无暇谈论正事。这次打开诗稿，有几首诗，单看标题我就知道是为谁而作的，如《毕业留言》《离歌》《写给可儿》《放牧雪花的孩子》。我理解他在诗中表达的感伤与快乐，也理解他的不甘与坚持。昨天在回京的高铁上，看到他又在微信朋友圈里发送了一首新作，标题是《最远的远方》，透过那几行文字，我仿佛又看到了他眼神中的忧郁——这难道是成为诗人所必需的气质吗？

我对新诗涉猎不多，无法对响林的作品做准确的评价，但我认为自己最能理解他的心声。谨以这篇短文，作为我们友谊的纪念。希望下一部诗集出版时，他还愿意让我作序。

周绚隆

2023 年 12 月 5 日

目 录

001　自　序

~~~ 春水流香 ~~~

003　春声
004　绿焰
006　触摸春天
007　默歌
008　青春之恶
009　阳光下的少女
010　玫瑰
011　致爱情
012　春祭
014　春天咏叹调
016　春天进行曲
017　春山
018　春水
020　蒙山
021　诺言
022　桃花词
024　醉花吟

026	春夜寒梦
028	时光与少年
030	梦里的春天
031	那时花开
032	接站
033	等待
034	春宴
036	写给可儿
038	插秧
039	初我
040	清明
041	破碎之梦
042	断春
044	伤春
045	野花
046	对春天的不同看法
047	喊不醒的春天
049	痴念
050	草原
051	牧羊女
052	塑料花
053	独旅
054	走过春天
055	春歌晚唱

057	落花时节
058	四月
059	青春与死亡

夏日飞火

065	献给岁月的情诗
067	我发誓将这首诗修改到底
069	端午祭屈原
071	济南
073	黄河
075	海
076	海歌
077	帆
078	心岛
079	浪之谣
080	静静的浚河
082	浚东
083	村庄简史
085	老屋
087	胡同
089	父亲
091	马灯
092	麦地，麦地
094	大旱

096	仰望土地
098	萤火虫
099	伪笑者
102	寂寞之歌
103	上帝和我
105	唯我孤独
107	风
109	毕业留言
110	离歌
111	马群
112	萍聚
114	无名钓客成仙记
117	风的骨
118	瀑布
119	幸福挨家挨户地敲门
120	没有谁比太阳金子多
121	浮生侧记
122	回声
124	德令哈之夜
125	悲喜调
126	我站在风的中央
128	内陆河
130	嗨，我是憨族人

秋声如诉

135　秋天
136　秋风
137　秋思
138　秋雨
139　秋水
141　秋景
143　秋悟
145　秋寒
146　流浪的村庄
148　母亲的月光
150　镜子
151　荆棘鸟
152　鹰
153　鹏
154　狼
155　大洪水
156　故乡的云
158　知音
159　酒碑
160　本心
161　菩提
162　人质

164	名声
165	真名
166	旁观者
167	上帝的眼睛
168	刺猬
169	石榴
170	醉人
172	醉言醉语
173	蝉
175	虚渡
176	路过人间
178	红叶
179	远方
180	理想与现实
182	回家陪父母说说话
184	观沧海
185	觅云
186	看云
188	自我催眠术
190	在林间
192	你好，忧愁！
194	苦月亮
195	降温
196	死神其实是个孩子

冬心沁雪

- 201 火山花园
- 203 孤形远影
- 205 寒意
- 206 雪
- 207 晚祷
- 208 寒友
- 209 朋友
- 210 放牧雪花的孩子
- 211 人海浮漂
- 212 长夜
- 214 舞雪
- 215 影子在敲门
- 217 时间的王国
- 219 晚雪
- 220 白雪王爷
- 221 冬天的赌局
- 222 无头鸟
- 224 家中闲篇
- 225 诗
- 226 血酒
- 228 生活之下
- 229 寂静之地
- 230 悲

231　空庙

232　落寂山

233　自悟

234　迷途

235　吾之彼我

237　我和我的孤独

239　陪一座山看一朵云

240　心中有座寺

241　夜行人

242　老火车

244　日子

245　远方已远

246　太阳月亮和我

247　熬夜

248　焚心

250　后　记

自序

站在地球上的我
像插在牛粪上的花朵

孤零零地瞪着花眼
紧盯着时间的黑洞

我能承受闪电般的讥刺
因为我的根永不腐烂

春

水 流 香

春声

轻一点
再轻一点
轻到无声
我也知道你来

口衔紫泥的小燕子
用代代相传的手势
跟屋檐打着招呼
融尽白雪的小路
为谁送回了
草莓般鲜艳的姑娘

被树林筛选过的风
精心地梳理着村庄
被草莓宠爱的姑娘
使燕子和炊烟莫名激动

我就像水泥树上的叶子
张开了阳台的耳朵
谛听内心深处的村庄
比梦还远
比泪还真

绿焰

火在寒冷的中央
一把火
证明了冬天的腐败
草终于漫山遍野而来
像无数勇士
匍匐前进围攻冬天
只因冬天残杀过草的父母
并且拒绝生机

草团结一致占领世界
冬天已溃不成军
四散逃窜
草发出最后的捕杀令
全力搜寻冬天
而冬天
退居草无法到达的地方
休养生息

风渐渐地凉了
草一阵恐慌
冬天将恢复元气
带着白雪的大军卷土重来
疯狂地镇压大地

草望了望成熟的种子

点一点头

笑一笑

地球，在旋转又旋转

触摸春天

时光之手
从冬的心窝里
掏出春天

冬伤心离去
风自南方踱步而来
带着些许醺意

鸟儿开始撒娇
一觉醒来的山野
露出绿色的笑颜

行吟世间的人
突然被一朵花打动
流下了疼痛的热泪

默歌

此生此世
我注定寻不到知音
而我无忧无虑
杂草丛生的心中
孤独是唯一盛开的花

在充血的阳光下
每个人的面孔
都坚冷如冰
我告别合唱队
就是为了倾听
自己的独唱
我的歌声越来越高亢
而群丑乱舞的世界
始终无法感知

我拨断失声的琴弦
毅然走在
遗忘的道路上

青春之恶

带不走的影子从背后
捅了我一刀

只有你知道
我埋藏最深
最硬的
是哪根骨头

阳光下的少女

我思念给我折柳枝
教我吹柳笛的少女
阳光下的少女
是我记忆的花园中
含苞待放的情人

我们在春天
与势不可挡的乌云相遇
一场落花流水的雨
冲决了蓄泪的堤岸

我想起湿漉漉的少女
像断线的风筝
松开了握别的手
随受伤的季节远去
牵痛我
梦里睁开的眼睛

玫瑰

我每年都有一个节日
含泪纪念玫瑰
和先于玫瑰而逝的恋人
我最湿润的声音
就是默默呼唤花朵的名字

心有灵犀的玫瑰
对风的每一个手势
都曾经保持默契
我灿若玫瑰的恋人
在痛断肝肠的别离中
刻满了冰刀霜剑的印痕

我滴血种植的爱情
玫瑰园中的恋人
她骤然枯萎的影子
比夜晚更深地
埋葬进我的眼睛

我双目失明地祈愿
手持火炬的玫瑰
漫山遍野的恋人
照亮春天和人类的命运

致爱情

穿过海誓山盟的序言
你随风步入雨后的花园
浑身涂满孤独颜色的我
手持瓷质的青春
用易碎的笑容向你致意

我们一朵花一朵花地
走向春天
河流和露水孕育的开端
那颗注定要超凡脱俗的星星
打开发亮的化石胸膛
一片迅速隐匿的寂静
一张无声惊叫的脸

我对谎言过敏的灵魂
直到再次被闪电击中
直到在另一场雨中
看见你蒙着面纱走远
才以送葬的方式
送别夭折的玫瑰
但又像盗墓贼似的
偷偷运回那灵柩中的芳名

春祭

青春把芳草铺满大地
让每朵花儿的笑脸
都印上阳光的胎记
我正心跳加速的时候
就遇到了你

蝴蝶舞动着幻美的翅膀
藏在密林深处的小溪
唱出了第一首情歌
游手好闲的风儿
随意地翻阅着
未经修饰的故事

我多想写下不朽的诗句
可在转眼之瞬
就走到了青春的尽头
爱的篝火被泪水浇灭
我们像宿命异流的候鸟
分飞天涯,各奔东西

前方的路注定凄迷
而我与最后一场爱情
却失之交臂

我徒自用目光

在你的背影上

刻下一生的留恋

世界那么大

青春那么短

我该到哪里

寄放我的叹息

我初玉般的灵魂

在岁月粗糙巨手的打磨下

已满是尘沫和裂纹

但我还在写关于你的诗

因为，在回忆的雨里

你是那珠无法拭去的泪滴

春天咏叹调

春天情感四溢
一去经年的燕子归乡
又装出恋家的样子
花与叶,在风的指挥下
开始了沙沙的合唱
阳光打着虚浮的拍子
也加入进来

山坳里的小村庄
再度穿上春天的花衣裳
而万民如草芥
演绎着死而复生
生而复死的老戏

桃花当上本地的皇后
倘若我还是翩翩少年
她或许会在桃花园里
与我共舞,并且说出
关于春天的誓言
可我已然老了
桃花冷眼看了看我
没有吐露春天的隐秘

梨花也用短暂的怒放
掩饰着春天的行迹
我则努力把自己
打扮成生命之树上
一片精神抖擞的绿叶
但迟早会零落成泥

春天快步走着
梦的碎屑一路飞溅
浅浅春水，点点残红
载不下我无尽的回眸

春天进行曲

雪已经融化

我春草般的恋人

在风中成长

在风中完成了转向

绿色的日子和绿色的雨

我曾试图伸出青青的手掌

为迷离的恋人

遮挡一切

在充血的土地上

我知道我的燃烧

只会徒劳地灼伤自己

但我愿意

为春风沉醉一场

初心未许却另有主张的恋人

穿过雨幕和泪光

摇曳着走向远方

我背身躲进孤独里

落花流水的小溪

带走了我的梦和忧伤

春山

戴着白雪头盔的山峰
因为相同的冷酷血缘
而义结金兰
他们组成一个团伙
下山打劫春天

视死如生的春天
早已与太阳结伴
奋不顾身的春风
挥舞着阳光的宝剑
击溃了入侵者
并向着山顶冲锋

春天势不可挡
绿水的欢歌清脆嘹亮
一块隐于山中的顽石
目睹了一切
表面上他不冷不热
内心里却涌动着
勃发的春情

春水

春水流经母亲的村庄
他压低自己的歌喉
轻声絮语地
给母亲吟唱思乡曲
贫穷而安详的母亲
用长满厚茧的手
指挥岸边的垂柳列队
向柔暖的春水致意

春水绕村三周
一步三回头地流走
逐浪花吹柳笛的少年
翻越母亲的篱笆墙
要用脚步去丈量远方
他跑得飞快
后来变成了风筝
在虚荣的半空历尽风霜
他有一根细长的思念
连着遥远故乡的母体

只要母亲的手不松开
他还会像春水一样
梦里绕着村庄

倾注无限的留恋

但不发出喧响

蒙山

冬季有些败顶的蒙山
在阳光和雨水的抚慰下
一笑恢复了青春
自命清高的鹰窝峰
矢志不渝地
领着苍松翠柏诵经

流云趴在龟蒙顶肩头
说着柔媚的悄悄话
而风言风语另成体系
连村串户脐带般的小溪
吟出个低调的山杠子流派

春天给蒙山涂满了色彩
让其加冕为风景之王
众峰似儿孙们一样
供奉着参透死生的巨型寿星雕像

这是上帝为我创造的故乡
所有的曲折都通向山巅
所有的沟壑都蓄满了光阴
所有的野心和泪水
都被陡峭的命运收藏

诺言

两座相爱的山峰

靠得如此之近

却整日沉默以对

时间让他们懂得

心有灵犀的涵义

而相望无语

就是他们今生今世

生生世世

深情以许的诺言

桃花词

春风不远千里
送来故园桃花开的消息
陷进乡愁谋求解脱的我
跋山涉水而至
不只为春天,也为
与桃花的一场俗缘

久历风尘,在贫瘠的山野上
连漫桃林岁岁都把苦日子
开出沁人心脾的芳华
但仍有人背井离乡而去
那个当时头也不回的浪子
仅仅错过了春光一季
却辜负了桃花一生

此刻,我与桃花相视而笑
注目之中,又一朵桃花
情不自禁地开了
人和景都有了春意
但突如其来的雨告诫
陌客不宜节外生枝

我被细雨润湿的感官

察觉到一朵桃花飘落
她用最后一吻
遮住大地柔肠上
一滴露珠似的忧伤

醉花吟

春回故地,我又在花下独饮
忽然想起了从前
想起笑依花树的你
那时,花是最美的语言
而我只会用笨舞的火苗
给你写闪烁其词的诗
你假装不懂,望着天际

一阵风吹来,迷了朦胧的眼
阳光幻为细碎的纸屑

大路小路都通向远方
青春就是一曲离别的歌
我哭了,那场泪雨
大过我经历的所有暴雨
此后,我全力投入活下去的游戏
顺便学会了借酒浇愁

花儿落在逝水里
多像一艘爱的沉船

醉梦中的我,内心的浪花
与酒花碰撞,总算有了诗的味道

可惜失去了青春

失去了花样芬芳的你

我们虽未真正谱写春天的故事

但也难以彼此忘记

余生,我不再远行

我的心已被落花封闭

春夜寒梦

倒春寒的戾风
贴着高楼间的峡谷
钻进夜的国度
黑暗之君打着哆嗦
靠着墙头草壮胆
勉强统治着江山

一匹马拉着我的梦
奔跑在破碎的草原
很快坠落到深坑里
从没值过钱的骨头散了架
逃不出黑夜掌心的书生
打起滚来貌似翻了个身

死心塌地的猫头鹰
还在监听每棵树的呓语
有理想的蘑菇
白天都被采摘了
只剩透心的悲鸣
回荡在蛮荒的世界

我得有多无奈
把一场春梦做成噩梦

我的孤独已经感冒
直到太阳云中漫舞而来
刺痛大海的眼睛,让我
也得到了一束光的拯救

时光与少年

我在梦里潜回春天
在故乡的小桥头
我又遇到了那位少年
他简单的行囊
带着股阳光的香味
他的胸中蓄积着雷霆之气
他的目光如闪电
直刺远方

他就是从前的我
但他并不认识我
他对我视而不见
我们在小桥头
擦肩而过分道扬镳
他乘着梦想飞奔离去
我却被青春的烈马
狠狠地摔下

时光的劲风
吹远了故乡和曾经
吹皱了面容和心灵
我把道路截为两段
来路化为影子

去路紧握手中
但我再也无法捡起
少年时的梦想
即便是在不安的梦里
即便我有一双回望的泪眼

梦里的春天

我又梦见了那位少年
像一朵花儿,沉醉在春光里

梦见一朵飘落的花与一朵盛开的花
交错而过。那位少年
看清了它们道别的眼神
他甚至还听懂了一种
神秘的花的语言

其实我和每朵花儿
都没关系,但是我
真心为拥有春天的人欢喜

大地有说不尽的幸福
少年却有了成长的忧郁
他和一朵花儿,手牵手地
走出了我的梦境

那时花开

那时我酷爱春天
酷爱小鹿似的春风
深一脚浅一脚
写给远方的诗句

晒太阳的众花
向着蝴蝶露出笑脸
而我只顾飞身赶路
柳絮裹不住火热的心

恰逢你在红尘一隅
孤洁自芳寂静绽放
正好弥补了我
春天里唯一的缺憾

接站

这世上,会有一个
我永远接不到的春天吗

蜗牛倾巢而出
树叶整齐鼓掌
就为欢迎春的到来
我待在时间的后排
默默地翘首以盼

但我没有接到春天
我错过了那位
名叫春天的小姑娘吗
我心绪不宁,有些失落

蓦然回首,春天
已在万紫千红处
随着风儿,翩跹起舞
时而冲我扮着鬼脸

等待

整整一生了
我在痴痴等着她
也许她永不会来
因为她不是一个女人

她不是一个女人
却让月亮发了情
也让望月空叹的我发了疯
因为她是令人着迷的女神

她是令人着迷的女神
她从红尘中清醒地撤离
回眸一笑刻进了我的心
因为她是一首纯美的诗

她是一首纯美的诗
我用一生痴等着她
也许她永不会来
因为我不是个好诗人

春宴

从俗世的疯忙中
抽出一丝丝闲
远离野心和拼了命
往高处爬的城市
约同一众亲友
来到忘怀已久的南山
大自然接待我们
像父亲欢迎浪子回家

在满山的鸟鸣里
在一株开花的老树下
我张罗着吃饭喝酒谈天
大家卸下装模作样的面具
重为平常而又正常的人

我邀来春天同坐
并且借着酒劲
对着千万朵花发誓
不再说那些无聊的话题
我将抛弃风中的刺
爱自己、爱家人、爱朋友
爱春天里的一切
以及因为向往春天

而被冬天冷冻过的游魂

可惜春光易逝,春宴易散
凑热闹的蝴蝶飞远
我和春天同时醉了
春天吐出一地落红
我则向亲友们
吐出一颗焕然的心

写给可儿

你是我骨头里种植的
又一个春天
是我前世的情
今世的爱
和来生的梦

你用眼睛拼凑好世界
还得用心灵使它完整
你可能渺小如走石
但必须能迈步到山顶
穿云破雾观赏人间的风景
倘若途中遭遇荆棘
我希望你毫不犹豫地
举起斧子,辟出新路

我将倾尽余生
从我的心到你的心
打通一条运河
让我的血流到你的血里
你会渐渐地明艳照人
我会慢慢地枯萎老去

直至我像末路的苍鹰

跌倒在命运的旋涡

我满头的白发

化为遍野的秋霜

你只需在青春的高地深呼吸

就能接收到

我以风吹草动传递的

祝福的讯号

插秧

此时手不再是手
而变为一支钢笔
为了适应潮湿的春天
钢笔里面
灌满了绿色墨水
在田垄般的方格内
栽下一排排文字
像当初,有人
将我栽在诗人的行列那样

俗话说,种瓜得瓜
种豆得豆
那人栽活了我
我栽活了这些文字
但我不知道
最终能收获什么

初我

是的，我爱这冬雪的冷漠
只要它是真的
是的，我恨那春晖的娇柔
只要它是假的

是的，我爱这大地的无言
只要它是久的
是的，我恨那华年的蜜语
只要它是短的

我就是由这种
爱的血肉恨的骨骼
凝聚成的。天真地活着
明心见性随缘而行

是的，我爱这世间的纷扰
因为它是真的
是的，我爱这带刺的孤独
因为它是久的

清明

清明，有多少人
从异乡往故乡
走在思念缝补的路上
世态荒凉中
还有多少虔敬的心
揪住一些往事不放

高瞻远瞩的死神
早已用一块块墓碑
为帝王将相和凡夫俗子
划定了最后的立锥之地
他们在那个世界
不再恩怨分明
皆能安然长睡

逝者的灵魂自由地高飞
一代代的后辈们
走在叫作断肠的尘路上
清明时节的雨
一年一度随泪而来
在这个怀亲的日子
谁和我一起
听到了春天低泣的声音

破碎之梦

春风哭泣的夜晚
我的梦被泪打湿
像黑色的雨洒落一地

一个中了邪的魅影
面带桃花舌灿莲花
而心里长出了刀子
它被黑雨养得更大

在巨影的狞笑中
长江和黄河
也变成祖国母亲脸上
流下的两行泪

这个破碎之梦
或许会萦绕我的一生
命运的弯道不停地延伸

断春

如果春天能拐个弯
回返我的旅程
我或许会调转方向
那些因缘相遇的人
需要重写一遍剧本

如果春天能冷冻起来
我就不会从追风少年
变成一个跟风的老者
即便到处都是反光的冰
也遮不住洋溢的柔情

如果春天能珍藏于怀
落花熄灭的爱意
流水湮灭的誓言
就会在梦里再度圆满
那位刻骨铭心的女子
将被命运修饰得恰如其分

如果春天能系泊在岸
我没有成为一枚
别人随意摆弄的棋子
也就不必为生不带来

死不带去的俗物
而枉受折磨

如果春天不能拐弯
我就要查勘折断的路途
假想到此为止
我无法拥有更好的结局
只求得到完整的自己

伤春

花死了
花瓶留着
春天边缘的窗台上
远望的目光生锈

蝴蝶啊蝴蝶
约期已过
你在哪里

时间煮雨
等候发霉
而今,纷乱的落花
覆盖了往事

我静静伫立
身上爬满了日子
蝴蝶啊蝴蝶

花死了
花瓶留着
春天边缘的窗台上
玻璃的目光如炬
明亮但被你遗忘

野花

所有的景色里,野花
都怀着低于目光的淡定

繁星似的花儿在风中拥吻
它们有平凡得令我向往
却无法抵达的境界

我为一些花儿拍照
虽未摘下一朵,但摄走了
它们的香气和灵魂

对春天的不同看法

如果只有鲜花怒放
那么所见的春天就是肤浅的
如果把春天本身当成最美的修辞
那么写出的诗就是丑陋的

三月,还时有刺耳的北风
和刺骨的寒意窥测人间
也还有猝倒的老人
像零落的花一样
枯死在人们的冷漠里

让心温暖起来
再走进春天吧
听听鸟儿对人类的批评
想想那些云儿
为何会远去不返

喊不醒的春天

这是一个喊不醒的春天
她在花间假寐
或在云下浅眠
众多沉睡者的呓语
都成为她鼾声的和音

多年前,我躺在芳草坡上
充满了与春天融为一体的欣喜
我的皮肤在喊
我的头发在喊
我喊来了风喊动了山
喊出了埋在心底的快感

那时春天对我说
只要努力生长
梦想就会发芽
阳光穿透树影寻我
即使碰落了莳花
也知她的美确实存在过

如今希望遥遥无期
而恐惧深不见底
有人到处修剪花园

逼迫花草长成设计的样子
我却已无处求告
只能以沉默冷涩之眼
记录下这个春天
这个自迷自醉喊不醒的春天

痴念

想写一首怜悯自然的诗
想在灯神的助力下
施展一种魔法
让词语显灵
让消失的森林重生
让锈迹斑斑的世界
恢复绿色的好心情

纯木质的书桌
连同铺在其上的草稿纸
露出思念故乡的眼神
面壁反省的书橱
说不清自己的困惑
却露出了起皱的纹理

掷笔长叹一声
人还是怀有鬼胎
摆脱不了毁灭地球的宿运
而谁愿做思想裸奔的异类
谁会成为拯救者呢
春天以多情的花开
掩饰着被征服的大地
正呼喊救命

草原

马不停蹄的风
是草原的首领
弱不禁风的爱情
迅速飘逝在
心旌摇荡的草叶上
一朵哭泣的云儿
预言了我的命运

我在黑雨中寻找羊群
发现有一只
是我披着羊皮的恋人
她用湿冷的嘴唇点燃我
照耀她平安返回
那个拒我千里的家

牧羊女

牧羊女走出草原
便开始怀念草原
狼群般的密云突如其来
狂风暴雨不期而至
牧羊女像只迷途的羔羊
在最后一棵芳草上
留下最大的泪珠

当阳光驱尽旧梦的时候
大草原的外面
传来一朵花开放的消息
我骑着多情之马飞速赶去
这朵奇异的花儿
我离她越近越能清晰闻到
牧羊女悠久的体香

塑料花

你所看见的春天
躁动的春天
在心灵外面
蜜蜂或蝴蝶飞来即去
草本木本花儿
为给梦想添色
或求一个好的结果
匆匆忙忙地开放

你独立风中
若有所思又若无其事
因为塑料
或者非塑料因素
你以入定的方式淡然存在
不属于春天
也不属于忧伤

独旅

一个人远行

遍地泥泞。雨中的苹果花

白色的步伐

部分已经到达归宿

另一部分,紧跟在我的身后

但迫切想要走到我的前头

在大地上滑翔的道路

贯穿生命的荒芜

一个以足印为家的浪子

走南闯北投东奔西

寻找灵魂,也寻找温情

左脚和右脚相互信赖

我和自己的影子

风雨兼程休戚与共

所有的地方所有的人

都称我为陌生者

天晴的时候,阳光飘动

我停步怀念苹果树

和最早出发的村庄

眼泪像熟透的果实

不摘自落

走过春天

我和春天有不深不浅的缘分
春天来了,我去看看

我是个用力追赶时间的人
在平阔的芳草地上
牵着阳光疾步

暗中与一朵花相约
共同热爱春天
但阴云扑下来,打湿了信念

春天宽容着我的忧虑
春有归途,而我
无法预知自己的去处

一切错过皆为过错
当落红成泥,我和春天
终难在对方心里扎下根来

风儿掠走鸟鸣,给出结论
——沧桑者都会被春天抛弃

春歌晚唱

春天是我的第一个恋人
拥有处女的扭捏之态
在弱水柔歌的岸柳旁
我们相互吸吮着诗意
青春弥漫起花儿的芳馨

纯真的梦总是短暂的
我还未曾说出明媚的誓言
你就头顶一朵落花走远
易碎的青春瞬间消散
我用忧伤做条绷带
缠在心上,继续流浪

可是,到哪里再觅那样一个春天
我此后遇到的春天
都跟那个春天相去甚远
多少年后,在岁月深处
回望那场阴差阳错
眼前的花儿,顿显憔悴

尘缘无凭,此情无寄
远去的那个春天
当我再说想你,不如说

怕再也想不起你
我支离破碎的诗章
已难描绘你完整的图像

落花时节

借酒之名沉醉于诗
或借诗之名沉醉于酒
皆非我的本意

我饮下一生的悲欣
都不及仙客一场大醉
我梦里所盼的
不过是你的深情似水
我的丹心如金

杨柳岸边的离歌
不再适合我的口味
风花雪月也无意趣
徒增岁月留痕而已

但是,当你雨中转身
对我来说,不啻于
古道西风自唐诗宋词垂落

此去经年,春天的消息
千里无音。大地要用苦涩
包裹剩余的日子了

四月

如果无可逃避
上帝，就让我在四月死去
让我，在柔风细雨中
随一朵落花而逝

披绿色纱巾的四月
布置好了花圈和墓地
我祈望成双成对的蝴蝶飞来
拭净落花脸上残留的泪滴

我祈愿四月的少女
小溪边衬着柳影梳妆的姑娘
远在人间，一丝一缕地
把我和飘零的花儿忘记

青春与死亡

我现在年纪轻轻
但必须为死亡做些准备
我梦见过一位老人
弯腰挖掘自己的坟墓
但他动手已经迟了
他为失去一身好力气而叹息

我在平凡的日子里
一遍遍擦拭不祥之梦
死亡是面古老的铜镜
我决心永不使它生锈

我并非死神钟意的人物
但情愿用生命捍卫
死亡若有若无的荣誉
没有谁能卸去
我肩负的重任

我舍弃自己的时候
无花无果的诗歌
也就疯长到了尽头
采集骨头和命运的土地

铺上漆黑的夜晚

好让我和陨落的星星

安睡于遗忘的风中

夏

日 飞 火

献给岁月的情诗

虽然诸事不遂一事无成
但我一帆风顺地老了
对岁月的感情
也越来越深

我与岁月用前世的久别
换来今生的无数重逢
我珍惜这种缘分
但青春一闪而过
两条隐喻命运的游鱼
仓促爬上我的眼角
试图靠漏网的老泪为生

我只好把日子连缀成诗
献给岁月的情诗
每一道皱纹都是一句诗行
密密麻麻地排列着
显示着未经雕琢的忧郁

我用孤独喂养的灵魂
多想与岁月相伴至死
但当我像落叶一样
归卧大地的时候

万古长青的岁月
还是会抛下我
如同卸掉一个过时的包袱

褪尽色彩的包袱
曾经刻印过一首诗
一首无人阅读的情诗
在冷漠的风里
破碎成心的遗迹

我发誓将这首诗修改到底

我发誓将这首诗修改到底
这首从一出生就开始创作
并且已接近废纸篓的诗
我必须重新把它捡起

在时间的激流中
我正顺水推舟地老去
载我而来的马儿
那匹孤独的太阳驹
在墨水倾吐的夜里歇息

我用语言的筛子
细细过滤着灵魂
风徐徐地拉开帷幕
云握持月亮的镜子演出
一颗模拟命运的流星
向不断后退的希望冲刺

我落笔如雷地发誓
一定将这首诗修改到底
当影子长眠的时候
我要把无人阅读的自己

寄到上帝那儿
去郑重其事地发表

端午祭屈原

天空挂不住超重的星星
楚国留不下思虑过重的屈原

翻越历史的峰峦
在古历五月的一个拐角处
我又遇到了屈原
他摸不清楚国和自己的命脉
含泪走在漫漫长路上

我自认是他同声相应的朋友
但他可能根本看不见我
风走在他的前面
我跟在他的后边

明晃晃的阳光下
举国皆是昏昏欲睡的人
屈原不忍再直视痴醉的乡亲
他想到了飞翔
往水中飞翔
这不需要衔梦的翅膀

每一条河流
都是沧桑大地脸上的鱼尾纹

屈原选择了汨罗江
作为终极试飞的地方
他轻轻一跃
飞入了史册

当时我站在他的身旁
但并未出手拦他
我知道他的梦想
就是要刺穿虚假的河床

天空挂不住超重的星星
睁开眼的人们却记住了
哀国而爱国的
耀如彗星的屈原

济南

头顶荷叶的城市
水灵灵的城市
是柳笛吹奏的济南
是我年少时神往的济南

我和一条瘦削的乡间小路
一同挤进了济南
在僵硬的水泥地上
我努力保持着
一株红高粱的质朴形象
但是泉水啊泉水
淡泊宁静的泉水
这座城市好名声的来源
正逐年而逝

锋利的高楼切割着落日
这支离破碎的黄昏
这足以显示济南肺活量的
汽车摩托车电动车大军
在路灯长长的双眼皮底下
驶过我无眠之心

我怔在一棵垂危的老柳身边

为濒亡的泉水写着遗言
我用自己一生的晴朗
来祈求一场透雨
让大地的伤口愈合
让即将消遁的泉城一词
从明天的鸟鸣中复活

黄河

黄河贯穿我的生命
青春时负笈远行兰州
偶尔呆立在黄河母亲像旁
看密集的水波紧拥向前
而我必须要独坐寒窗
忍不住含泪思念
麦浪滚滚的故乡

风沙漫卷尘事荒芜
黄河史上也曾热血激荡
多少次冲撞大地的底线
最终还是被堤坝捆缚
我沿着黄河成长
包括我的忧伤
后来骑着梦马奔到了济南

我从未甘心随波逐流
但仍像黄河鲤鱼一样
变换着姿势躲避旋涡
迷醉时回望青春
远方已远黄河愈黄
我的孤独症未减
又增添了一种

睁一眼闭一眼的毛病

其实见过大世面的黄河
根本不会留意
我这个黑暗中挣扎的人
黄河入海的方向
也不是我生命的流向
若有一天我离黄河而去
只盼望能飞升到银河里
做一条真正自由游泳的鱼

海

在膜拜者眼里
海总是大大咧咧地
嚼着浪的口香糖
吐着白白的泡沫

我见到海的时候
乌云低垂，风高浪急
仿佛海在啜泣
我丢魂失魄
不知该怎样安慰海
安慰一颗受难的心

我的眼里有泪
泪水和海水一样
又苦又咸
我和大海
是血肉相连的兄弟

我其实就是一个
奔行于尘世的浪头
走得越远
越能清晰地听见
海对我苍凉的呼唤

海歌

海也是非饮淡水不可的
在黄河三角洲
海张着贪婪的口
吞咽着巨流

海的胃囊很大
每天早上都要吃一个
荷包蛋似的太阳
以及万道霞光
而到了晚上
海沉醉的鼾声
却让离岸的人睡不踏实

海饱食日月风云
但从不吐露什么
海饮尽百川千江
都难以消解
那无边无际的渴

帆

你是帆
我是伴你而行的波浪
我追求的是你
你追求的是远方

沉吟的是我的诺言
激荡的是我的理想
曾经昏睡了很久很久
如今又为你献身歌唱

大海是我的家园
而陆地是你的故乡
岸啊，冷傲锋利的彼岸
像剑一样斩断了我的热望

你是帆
我是漂泊流离的波浪
不要问我心中的忧伤
不要问我明天的方向

心岛

一座傲立海中的小岛
在狂风巨浪的拍打下
孤独倔强的身影
表面上看似有些软化
实际上可能一动未动

我的心也是一座
岁月激流中的小岛
在水深火热的浸泡下
一边挣扎一边结晶
变为一颗带血的裸钻

而我已超越生死的浮浅
或因有过鲜明的棱角
我越来越喜欢
被暗潮般的苦难雕琢
并且悟出了冲洗灵魂之法

浪之谣

我要做一个放养浪花的人
在心潮澎湃的大海上
浪花有着洁白的血液
清亮透彻的灵魂
我倾尽梦想以海为家
随时照护着激越的浪花
即刻擦去打到脸上的水纹

我要把一片片浪花
养大成一群群活羊
那我就成了牧羊人
但其实我更想做一只头羊
昂首领着沉默的羔羊们
在海蓝色的草原上
放声高唱觉醒者之歌

我的歌谣随风传诵
我的自由奔腾无疆
我的思想含着骄傲的质素
恶狼般的鲨鱼们
请离我远一点！你们
承受不了我发自内心的
浪花扬起的轻蔑

静静的浚河

每当我回想童年
就会不由自主地忆起
那条与乡音一同发源的小河
静静的浚河,在村外徘徊
迟疑的流光,闪烁在梦里

从前的苦中也带有微甜
我的童年像浮在水面上
一串易逝的波纹
静静的浚河,早熟的孩子
隐藏着内心的波浪

我是被命运的激流
冲离故土的一块小石头
现已成为光滑的鹅卵石,但是
静静的浚河,我的身上
难以磨掉你的痕迹

消停不下的时间打马飞过
留下一地平淡的泥印
多少年来,我向岁月致敬
静静的浚河,也向季节弯腰
只在春夏秋三季自然流淌

又一个雨季临近了
济南的泉声如别人的情话
低沉、缠绵,不舍昼夜
静静的浚河,能否自梦里流来
润泽游子日渐荒芜的心田

浚东

伴随久别重逢的乡间小路
我亲切地与麦地相遇
看见穷人家的闺女
穿着一件村庄传统的旧衣裳
收割麦子和夏天的理想

此刻,怎能减弱汗珠的光芒
从阴雨天康复的太阳
镰刀之上锐利的反光
照耀着姑娘的青春
她热爱劳动的品质
在汗水中自然地流淌

我扶起一棵被风吹倒的麦子
回忆城市的女儿
我挽留不住的爱人
无法避免的麦芒
提醒我疼痛的手指把握
她的富有是否使她
贫穷得像根空空的麦秆

村庄简史

村庄垂垂老矣
除了一把老骨头
村庄也剩不下什么了
从村庄出去的人
大多迷失在远方的霓虹灯影里
他们愿意忍受
欲望洪流的冲刷

来自乡下的风
进了城就变得小心翼翼
而城里吹回的风
每次都要带走更多的乡下人
大地流露出
惴惴不安的表情

千年万年前
先民们像撒在地里的种子
倏地生出了无数的村庄
如今,一个个村庄消失了
仿佛一位位老人离我们而去
在埋葬他们的废墟上面
大城与小城胜利会师

没有乡愁的时代来了
水泥的巨树疯长
它们不开花，也不知会结什么果
但是顽强地代表着人们的理想
死硬地阻挡着人们远望的目光

失魂落魄的村庄
泥巴般粘在历史车轮上的村庄
还能跟上地球的转动吗
茫茫宇宙中，又有谁在乎并记得
地球这个小村庄呢

老屋

我一出生老屋就老了
奶奶的咳嗽声
顺着细细的炊烟往上传
但从没引起老天的注意
那时整个村子的庄稼人
都处在一场大病中
皮包骨头的贫穷
游荡在精神异常的乡间

老屋隐藏的苦涩家史
不过是农耕历史长卷中
一点断章残片而已
奶奶故去之后
老屋的灵魂就出窍了
我们也变得心不在焉
一直想着翻新旧居

时代的巨手掐断了炊烟
老屋老得骨头快散架了
村庄开始陆续消失
大地的积木重新组合
拆老屋的时候
我被满院浓烈的乡愁

呛得流出了眼泪

我并非欣赏不了
钢筋水泥的冷峻
只是总忍不住
陷入似曾熟稔的回忆
当刀片似的高楼
在老屋的废墟上矗立
越来越花俏的故乡
是否还能承载我的初梦

胡同

是奶奶守在胡同口
等候撒完野的顽童回家
她用小脚立住地
边拍打我身上的尘土
边唠叨着给我上课
孩子，要骨节正直腰杆挺直
不要像草木的子孙
轻易被风雨压弯

我听懂奶奶的话时
逡巡在贫瘠大地的死神
已给她的生命划上了句号
奶奶受了一辈子罪
吃了一辈子苦
没有享过一天福
就匆匆地移居到
空无人烟的天国了

走出胡同我的童年就消失了
老村后来也华丽转身
成了灯火迷离的区市
童年仿佛一场快马加鞭的梦
人生便是它拖曳的幻影

我在接连不断的矮檐下穿行
走一步就有人关一扇窗子
我多么渴望奶奶
那双深陷如胡同的眼睛
返照并指引
我焦头烂额的前程

父亲

父亲没有父亲

父亲的父亲在战乱中

死去的时候

他才一岁多

还不懂得什么是父亲

奶奶咽下苦辣的泪水

拉扯大姑姑和他

后来父亲娶了母亲

生下我和妹妹弟弟

父亲是个地道的农民

也算是个乡村教书匠

他的讲台狭小

没育出多少桃李

他待人一向和蔼

对我却分外严厉

父亲这辈子

就像一块瘠薄的土地

本身就欠缺养分

但用尽全力

养大了庄稼似的儿女

如今我已年过半百

在喧嚣的省城苦寻梦想
虽没成为父亲寄望的
有头有脸有出息的人
但也没丢了灵魂
偶尔回家陪他喝杯老酒
父亲看看我
仿佛回顾一下过去
我看看父亲
思量着自己的将来
但我们只是互相看了看
并不曾说出一句话
或许，我们都习惯了
把深情藏于无言之中

马灯

父亲爱晚贪黑

提着马灯去麦地浇水

父亲浇水的时候

我正在城市的路灯下面

构思无病呻吟的情诗

我最终被无人阅读的诗行

遣送回家

父亲一言不发

打个简单的手势

让我提起马灯

去谛听麦子的命运

在五月的夜晚

在马灯的照耀下

我挺直腰杆闻到

麦子的呼吸响彻大地

麦地，麦地

我曾站在青青的麦地
和麦子一同成长
那时，我是春天
最为宠爱的少年
我的父亲
一个弯腰在田地中央
用北方农具作诗的农民
拉着我的手
对一株歪斜的麦子
望闻问切
使它再次挺直了腰杆

日子黑了又白
白了又黑
麦子熟透，在风中
跳着转换成粮食之前
最后的舞蹈
父亲拍掉尘土和疲惫
赶紧把收割的麦子
装上独轮车
村庄伸长了手臂
迎接我们回家

而今，吟颂大地的人
迷失了自己的声音
父亲的脸
像种满五谷的田野
而他作过诗的土地
却已密植楼宇
被拆掉的故乡
被水泥覆盖的麦地
埋藏着我
多少过期的回忆

我把五个贫弱的手指
团结起来，挥向上苍
很快便遭到闪电的痛击
识时务的心，不再
为麦地的风景所动

大旱

春天背叛了似水柔情
辜负了人们的赞美和期盼
她只顾唱着歌儿跳舞
却忘了把甘霖洒向田间

夏天又将盲目的热情
发挥到了极限
蒸离大地的水
扇动着翅膀飞奔太阳

而每一朵花儿
每一株幼苗
都感恩着春天和夏天
它们都怀有一颗成长的心

河流因为连日的灌溉
已经累断了腰
村头的老井张口结舌地
说不出话来
原野上干裂的伤沟
多像欲穿的望眼

村庄竭尽全力地

挽留一缕炊烟
一位老农苦苦地
想留住最后一滴泪

干枯的大槐树
低眉叩问过路的风
打听着云的消息
雨呀，你到底躲到了哪里

仰望土地

太阳自焚的日子光芒暴涨
村庄的心挂在焦干的麦苗上
达到着火点便开始燃烧
十粒汗珠收获一粒粮食
十粒泪珠结晶一粒盐的父亲
跪在龟裂的麦地中央
仔细研究大地的掌纹

泥塑木雕的父亲
与麦苗同呼吸共命运
他呆望着倏忽而逝的大理石的云
有气无力地喊着
孩子,孩子

我们去深不可测的天空
打井取水
少年老成的麦苗
人类的好孩子
请把佝偻的身躯挺直
把麦芒的勇气拿来

在田野的内核
有谁听见他哭泣吗

落发纷纷的父亲
从空洞的眼睛里
取出坚硬的泪水
放进一株麦苗的手心

萤火虫

落日是流浪的小孩
被远方的山村收养
萤火虫裸露着心灵
在黑夜的手掌下飞翔

居高临下的黑夜
漫无边际的手掌
萤火虫越想逃离
越是被黑手操控

生命是死神的玩具
而死神穿着黑夜的衣裳
萤火虫倔强地用一豆微光
为黑夜起草着墓志铭

萤火虫让黑夜感到了恐慌
不是因为它发出的一豆微光
而是那些看见微光的眼睛
闪动着惊喜的泪光

伪笑者

我曾经是位诗人
但在物欲横流的时代
我和我的诗
只能躲在远方苟且
生活逼迫着我
放弃了对它的赞美
我变成一只胸无大志
整日奔波生计的蜜蜂
把锦绣年华挥洒在
碌碌无为之中

我看到人们不遗余力地
堆砌谎言的城堡
我发出善意的笑声
却根本无人理会
那些站在恐惧中的人
辨不清路的方向
他们习惯于听从
错误的指令

这是一个荒诞的剧本
我只有扮演沉默者的戏份
挖苦的声音不绝于耳

我仓惶地随波逐流着
何时才能到达
黑暗之河的尽头

我强打着精神
坚持活下去
我反复练习着
以时间之矛
攻死亡之盾
我把影子交给了夜晚
但必须守住
灵魂的灯塔

我其实有能力
带上伪笑的面具
我吃过的盐
足以把自己腌成腊肉
我走过的桥
足以让江湖口吐白沫
我喝过的西北风
足以令冬天哑口无言

我如此老辣且渺小

但还是沦为虚无的人质
没有谁能够
舍身将我救出
那个被人类驱逐的上帝
我怎么总也寻不见你

寂寞之歌

夜空群星闪烁
而我潜行大地
暗物聚集,内心的火
照出我与妖魅的距离

有时我站到山巅
变成天地间的一个连接点
风声即刻响起
汗水掩饰住欣悦

我说着无人能懂的话语
仿佛先知的预言
又如同更深的沉默
一颗流星,直刺我的喉咙

最终是一场雪
让世界披上白色的盛装
人们用覆盖的方式
隐藏了我和流星消失的真相

上帝和我

上帝和我情同父子
但我俩早有默契
一直装作互不相识
天机封存在心里
他把我抛向时间的旋涡
昼与夜的夹层
黑与白的夹缝

从此我下落不明
上帝找不到我
我也无法见到上帝
在汹涌的人潮中
我像一滴泪淹没于洪流
我经过的地方
影子替我扫除掉足迹
而影子，不会留下自己的印痕

风马牛的世界上
到处都是对谎言的赞美
那些热恋黑夜的蝙蝠
即使人畜无害
但群魔乱舞的疯狂
也令我不寒而栗

我对黑暗过敏的灵魂
徒劳地传播阳光的福音
后来，就剩下我一人
死气沉沉地活着
它们都生机勃勃地死了

空中游巡的白云天使
意外发现兀立的我
而我，已成为绝望的标本
上帝无奈地再次抛下我
他用愤怒的闪电抽打旷野
发泄着暴裂的失子之痛

唯我孤独

我每天都和孤独搏斗
但每天都会败下阵来
作为一个心跳
从未与现实合过拍的失败者
我坠入了加速衰老的深渊

而当我大声呼救
人们都黑着脸看我
谁也不肯伸出一只手
我的希望气若游丝
我的绝望根深蒂固

其实一切都合情合理
恰如天意
我不得不和孤独同流合污
最终融在了一起
把往事锁进幽闭的梦里

有时深夜叫醒眼泪
我就是想和它们
说说无关痛痒的话
然后共饮一杯失眠的月光

至于生活
一半人说它很好
一半人说它真坏
纠缠不清,历来如此
所以我就漠不关心了

只剩下孤独
只有我孤独
怀抱忧愁,旷世独立

风

风吹着口哨四处游荡

我浪迹西北的时候
风是我梦中青春无羁的象征
风的闲庭信步
风的去留无踪
都是我刻意模仿的内容

我始终认为风
是个响当当的酷汉子
但在毕业分别之际
风拍打着列车放声大哭
我看到车窗里和月台上的人
泪水淹没了每一张脸
我听见自己泪落心田

风带着离愁继续流浪

我在遥远的东方泉城
停住疲惫的脚步安顿下来
日复一日年复一年的劳作
像碾盘一样磨去了狂情
但我渐趋平复的心却无法忘记风

无法忘记那些风中哭泣的
雕刻青春的面孔

毕业留言

我不想再提你的名字
不想拔出
卡在喉咙里的记忆
我希望天寒地冻
所有漏过雨的眼睛
都被流浪的雪花关闭

而当来年春暖花开
我们偶然重遇
我但愿自己已成哑者
因为，我若说话
仍会脱口吐出
那颗全无杂质的
珍珠般的心

离歌

明天，我们将随

不同的夏季洋流去远航

在帆的未来岁月里

信风会规定思念的方向

每个停靠的港湾

都有永不变质的祝福

如优美的校园歌曲

在心与心之间流传

而今晚，我们相对无言

世界慢慢缩小

凝为你的一双眼睛

离别是窗外飞来的

尖尖的月牙刀

切割层层裹护的心灵

就让泪腺分泌的忧愁

滴满青春的酒盏

为我们像花一样被风吹散

干杯吧，朋友

马群

我们从四面八方而来
在风的指导下吃草
我们吃草的方式
也就是赞美草的方式
每一棵草上
都有真理优雅地开花
我们在花的率领下
迅速成长
我们的饥饿
也就是对于草的渴望

而今我们膘肥体壮
又将散向四面八方
我们奔跑的力量
也就是草的力量
日夜兼程马不停蹄
我们用生命连接道路
直至生与死的边界
我们回头遥望昂首嘶鸣
然后
消失

萍聚

穿越思念的黑洞
借着闪烁的微光
我们在出发的地方重聚
远方归来的心
努力翻找着斑驳的记忆

久早的青春,各自远行
却不料被道路所伤
层层叠加的面具
使灵魂不堪重负
发出了苍老的呻吟
但新戏还得坚持上演

灵犀打通,彼此卸下妆容
浮尘悄然落净
渐深的秋色成为背景
我们把真情拥得更紧
酒杯中映出了笑意

再一次道别,挥动的手
更有了岁月的韧性
眼睛尽力封锁着眼泪
当转身离开的时候

恰好有一阵风

掩饰了我们眼角的湿润

无名钓客成仙记

他无名无姓
没有扬名立万的资本和机会
只是江湖中一个古怪的钓客
他独来独往我行我素
钓鱼的姿势不够标准
也不按正常的套路甩钩

熙熙攘攘的人群中
有钓鱼的,有钓誉的
有把权杖伸成鱼钩的
还有直接往水里撒钱的
美其名曰——砸窝
潜游的鱼儿轻蔑地看着
嘲笑着人间

但那些匆匆的名利客
待价而沽的投机者
绝非他的同路人
他从道路分岔的地方
到河流分岔的地方
不停地与人告别
最后只剩下他一个钓客
独坐在江湖边

"多想把自己做成饵料
从冷寂的逝水中
钓起那条名叫青春的小鱼"
他因孤独而幸福
因幸福而无所事事
对着酒杯发着感喟

谎言的大风
吹走过真理和真爱
他以坚韧的沉默
拒绝了跟风一起合唱
如今,除了修炼自己
他真的不知该做些什么

影子的孤单融进夜色
世界难得安静下来
众鱼归隐,水藏起形状
江湖变远变淡
无名钓客坐化成仙

他怀揣一条河流
高峻的灵魂无翼而飞

越过传说中的仙岛

成为大海的知音

风的骨

风走了
把骨气传给了我

风的骨有时刚硬
有时坚韧
有时化作绕指柔
偶尔还会发出撕裂的呻吟
但绝不会跪着折断

我就是风的骨
保持站立的姿势
纵使伤痕累累
也要成为朽而不倒的路标

瀑布

没有哪座山
能挡住奔跑的白马
他踏碎山门
从高空一跃而下

他轰然倒在地上
仅喘息了一会儿
便又傲然挺立
水汪汪的眼睛凝视着远方

没有哪片土地
能留住白马的心
他志在千里
从不放弃遨游大海的抱负

白马以蹄迹书写传奇
我愿和他融成一体
携手激荡人生
共同逐浪而逝

幸福挨家挨户地敲门

幸福挨家挨户地敲门
有的敞门迎接
成为满心欢喜的主人
有的拒绝开门
幸福转身而退
还有的犹犹豫豫
等终于打开一道缝
发现幸福已离得很远

我给她开门的时候
我们一家人的笑脸
恰好相映成画
她仔细打量着我
一个因为诗歌而贫穷
因为贫穷而富足的人
不经意间走了走神

我想留下幸福长住
她定定神说
已把福根留下
她还得继续
挨家挨户地去敲门

没有谁比太阳金子多

没有谁比太阳金子多
没有谁比太阳更豪阔
太阳从不吝惜宝藏
每天驾着耀目的房车
向人间撒放金子

太阳恩泽万物
对天下苍生均平以待
捡拾明亮的金子
让每个贫寒的人
都感到了希望和丰足

凡尘的财富
不过是遮眼的浮云
只有太阳的金子
取之不尽用之不竭
永远闪着慈爱的圣辉

浮生侧记

我追求失败故处处成功
曾经年少轻狂信马由缰
任性地和生活闹别扭
和命运开玩笑
最后被打回平庸的原形
即使上帝搧来一个大嘴巴子
我也不会喊痛了

孤独成了心灵唯一的饰品
我在柴米油盐中
思考着诗和远方
这让迟钝的日子显得严肃
我不说话，但我沉默的样子
更像是对着幻影耳语

我越来越老了，血越来越淡
末路的余兴越来越短
我甚至丢掉了所有的故事
一个跑向黑夜尽头
搜集流星碎片的人
常常被梦中的悬疑惊醒
我重新设计了自己的退场
不再为世俗的目标乱奔

回声

我现在时常听到
不远处传来的回声
我并非歌者
那反射回来的
不可能是我的声音

是生活！明里一套
暗里一套的生活
没日没夜陷害我的生活
囫囵吞枣地吞下我
它不知道我的骨头
是硬的！致使它无法消化
止不住地咳嗽

啃噬掉层层伪装之后
生活又把我当作果核
吐了出来
我每天都这样上演
虎口逃生的奇迹
但每天无力感都在增加
终有一天我会丧尽斗志
生活还在张着坟墓的口
等着彻底吃掉我

谁将有幸或不幸听到
生活吞没我时
所发出的满足的饱嗝

德令哈之夜

今夜我在德令哈
想起了那个对诗歌一腔热血
却对世界绝望的人
高原风传递着往旋的消息
我拎一壶酒向他致意

仰望星星的眼睛,被积云遮住
德令哈之夜,最热季也有清冷的雨
每个诗性的灵魂,都要去流亡
人间已布满风化的裂纹
生活总在掩盖离别的疼痛

早逝与晚逝,有何区别
诗与生命,亦幻亦虚
也许根本就没存在过
只有上帝,用雨的亿万只手
把德令哈之夜,弹奏得寂静又荒凉

悲喜调

人生有两扇门
一扇是悲一扇是喜
我在两扇门之间
来来回回地穿梭
和命运玩着捉迷藏

喜难自禁易于忘乎所以
而悲随时都可把喜折断
此生与我颇多交集的人
有的不屑再玩幼稚的游戏
有的已经玩丢了自己

隐在表针上的时间
发出嘀嘀嗒嗒的忙音
悲喜之门依序转动
渐老的心流失着
或浓或淡的缘分

风拉着落叶的手走向暗处
他们也玩起聚散的游戏
生命长短不一
迷途中难寻正确的路标
但愿存在超脱悲喜的法门

我站在风的中央

我站在风的中央
只为在盛夏的溽热中
享受一丝丝清凉
那些围着风转的
比风还忙碌的人
让我有点苦闷

我也曾经被风鼓荡
成了兀自旋转的风车
而我本意是做一个
放弃狂梦的堂·吉诃德
我因迷失了头顶的方向
感到过眩晕和悲凉

除了喘着粗气的风声
我已听不清别的声音
除了坚定不移的沉默
我无法表达我的爱恨
其实并没有一股风
值得我对他推心置腹
也没谁能懂得
我影子隐含的孤独

风不再跟我纠缠

不该停留的事物

都在风中起身走远了

四面八方的风

穿过空洞的我

继续赶他们的路

但还有一片不舍的落叶

哭倒在风的怀抱里

我站在风的中央

却处在世界的边缘

渐渐锈蚀的余生

能否经受住时间的凌虐

又一阵风来拍着我的肩膀

说一切都会过去的

包括季节和你

内陆河

我胸中埋下过一条大河
一条从波澜壮阔到波澜不惊
逐渐结了冰的河

用泪水喂养的山里孩子
生活缀满了贫穷的补丁
动荡不安的恐慌
年年有余的苦难
像无法摆脱的狂潮
一浪接一浪地打来

曾凭一腔热血游行世界
很快便全身布满受伤的鳞片
偶尔尝到真理的锈味
更承受不住泪水决堤的重压
一滴泪领着无数的同伴
鱼贯而出我的眼眶

我最终成为火山花园中
一个看破红尘的隐形人
淡淡地学会了节约泪水
男儿有泪不再轻弹
男儿有泪往自己的肚里咽

我不大不小的胸怀
收纳了一条咸涩的内陆河

经过长年累月的冲刷
陨落的心被磨成
圆润而坚硬的鹅卵石
它能听懂天下河流的沉默

嗨，我是憨族人

我生于月圆之夜
那天晚上，黑暗的大盘子里
盛放着月亮的夜明珠
我高兴地哭喊了几声
便被善意的奶水打住
所以，我从小就很清楚
装睡是多么重要

因为脑子里有根傻筋
我一直都是神梦世界的局外人
后来干脆独立成了憨族
我是族长也是唯一的族民
我颁布掩饰卑微的族规
一定要抱持本性而活
迷茫时可以放逐自己
恍惚时须摸得着跳动的良心

我在岁月的长河中
习惯用竹篮打水
我流失了很多记忆
却意外收获了诗歌这条鱼
我遂以诗的鱼为生
基本上不吃山珍海味

所谓的金银财宝琼楼玉宇
也非我族所崇好

嗨，我是憨族人
我活着，请尊重我
不食人间烟火的风俗
我死后，也请花儿草儿云儿
顺着风势把我遗忘

秋

声如诉

秋天

我在秋天深处的花园里
秘密地与死亡交谈
明察秋毫的眼睛
暗暗注视着
落叶飘动的姿势
它们背对着世界
仿佛从没有来过
又仿佛随时都将离开

日子追赶着日子
也追赶着我
向遗忘的国度迁移
我的血和肉
我铮铮作响的骨头
逐渐复原泥土的颜色
再度降临的诗歌
仿佛秋天的果实和面具
又仿佛大地的悲鸣与沉寂

秋风

秋风又把我和落叶
吹到忧伤的边缘

秋风用删繁就简的手
挥散了草木的大军
秋风迫使我
也抖了抖身子

我愿拥有秋风般的手
把心里的尘土和异物
通通扫除干净

只剩最真的我
立在秋风留下的空白处
画上一行雁阵
补上一片雪白

秋思

秋天把我捏在手中
如玩弄一个小小的人偶
我挣扎的过程
就是皱纹加深的过程

曾经诅咒过玩偶的命运
而今习惯了忍受
在不断褪色的日子里
打磨一首生活的老歌

如果有一天
我从秋天的指缝溜走
像一粒熟透的种子
落进泥土的乡愁

我的灵魂将溢出大地
变成一幅空灵的画
虽无人欣赏
但自由闪亮

秋雨

太阳像故去的老人
被深埋在云层里
秋雨不速而至
手握一把冰冷的刀子

它不怀好意地走近我
穿透一件对世界和天气
都有所怀疑的外衣
直抵我尚未凝霜的血

我捂着伤口逃遁
躲到一棵披挂红叶的树下
试图平定惊魂
而秋雨追杀过来
它劈头盖脸地猛击
大树也丢盔弃甲

我只好狂奔回家中
站在安全窗前
看见流水带走的落叶
绘满了我的浮生
就忍不住阵阵地悸恸

秋水

我多少次面对秋水而泣
看到川流不息的秋水
就仿佛见到劳碌不停的父亲
他皱纹密布的脸
像一张打满了艰辛之结
撒向生活又一无所获的网
清晰明亮的水的镜子
映照着他褪尽色彩的历程

对于耐人寻味的水
父亲默不作声
水一泻千里的时候
父亲远远地回头
多年以前,父亲
让一位春水做的女人
成为我的母亲
他们造屋在岸边定居
培育庄稼和不易倒伏的孩子

当父亲忙里空出双手
便到河流中划水游泳
这使我感到,迟早
他会被如斯的逝者

从渐冷的浪花上冲走
那时,我融入河流的目光
将极力注视着
水瞬间的表情

秋景

我隐身在时光中
看见黑夜和黑夜合起伙来
蓄谋挤压白昼
田野匍匐在秋风之下
装运收获物的马车
即将抵达

玉米探头探脑地
流露出想家的神色
大豆给高粱唱着情歌
但它们太不般配了
高粱摇着头不愿细听
却也无可奈何

当谷垛席地而坐
虫鸣归于沉默
这说明收割已经完成
大地重又铺展开荒芜
而南山以片片红叶印证
秋天的心还在跳动

游荡在人间的我
也是上帝种植的庄稼

等待颗粒归仓的时节
而上帝，是否能帮我
辨清归途的方向

秋悟

虽然还恋恋不舍酒杯
但是真的不想再醉了
虽然秋愁见风就长
但是真的不想再伤怀了

为给世界留个好印象
我安分守己循规蹈矩
到头来我看重的这个世界
却基本上与我无关

曾经奢望据生命为己有
但是生命对我摇了摇头
我要和家人播爱在日子里
并且深耕细作一辈子

一棵褪尽绿叶的孤树
看透了虚荣和虚无
恰如一个家道中落的贵族
只剩下傲然的风骨

人生的秋天煮进酒里
飘散着淡泊的味道
肉体拼命地拉拽着灵魂

不愿让她逃离

微醺着写完这首诗
墨水和灵感也快用光了
秋月像粒药丸
开始治疗我的梦游症

秋寒

一棵过了更年期的树
还在无知地炫耀
满身俗套的金黄

当白日厌弃了虚光
秋风忍无可忍
就会脱去他的伪装

苍天想用雷人的话
来打个圆场
却落下了沉默的雪

流浪的村庄

我生在一个固定的村庄
但故乡整体在流浪
一艘破旧的小船
承载着家庭的命运
漂泊在历史的河流上

我的祖父，作为大夫
悲悯地爱着每一个人
却在战乱年代遭乡党构害
死在风华正茂的时候
"什么好事都不会发生
什么坏事都可能发生"
奶奶的怨艾如同涟漪
消散于长河的逝波中

流浪是苦命人的主题
小船沿着不明的方向前行
多少异乡变成了故乡
多少故乡变成了异乡
我们也有爱恨情仇的故事
只因太过卑微而被时光遗忘

希望某天能与流水和解

我用眼泪冲刷一遍河床
把千疮百孔的小船拉拽靠岸
我和孩子及后辈
寄居的未来不再透风漏雨
并且学会适应苍茫人海
于无声处的涛吼浪鸣

母亲的月光

今夜，我要用明月似的心
思念远在故乡的母亲
用久疏于口的方言
喊出故乡的名字
我思念的源头的名字

今夜，月光安详
我独行天涯
忍不住回首遥望
年少时，我从母爱的河里
游向未知的远方
我背负起整条航路
却把故乡抛得更远

今夜，月光的线
就是母亲织出的丝线
牵动着游子的翅膀
我不再梦想虚荣的影子
在阳光下自恋自大

今夜，岁月悠长
我已看尽世界的荒唐
看透了人心的荒凉

我只思念母亲

在遥远的故乡，母亲的白发

多像皎洁的月光

随时间的长风飞舞

今夜，母亲的月光

苍凉地照在我的身上

不论走到哪里

不论经历何种苦痛

我都能感受到月光的温度

感受到把心揉出泪来的坚强

镜子

镜子是镜子自己的秘密
矗立在高冷的山上
巨大的镜子熟悉
古往今来许许多多的面孔
但它不认识自己的容颜
寂静的光辉
映照着风吹草动
和历史渐行渐远的背影

梦中我来到苏醒的山上
发现孤独的镜子
望穿了自己的眼睛
我艰难地磨平身体
成为它的伙伴
而突然的震动
使一面镜子倒下
打碎了另一面镜子

荆棘鸟

生命是爱惜生命者
沉重的包袱
我如果无法放弃羽毛和血
就不会飘然站在
梦寐以求的荆枝上

当最尖最长的刺
缓缓扎入我的胸膛
寂寞的心便孤独地燃烧
在渴望已久的死亡面前
我高唱被人类禁止的歌

这是我坚定不移的告别
是我生命的绝响
血涌流不止
歌声高亢如初
天崩地裂的时候
我将坠入古老的记忆
成为所有故事中
埋藏最深的一块化石

鹰

鹰从闪电劈裂的悬崖上
脱弃影子的外衣
鹰抖落浑身的雷声感知
除了天空和更高的死亡
自己已无路可走
无家可归

鹰用最后的力量
撕碎乌云
然后在苍天上面
抒写自由的诗章

鸡辈鼠辈以及
变色变形的蛇辈们
请停止议论鹰的飞翔
鹰冷傲的目光
不在地上而在天上

鹏

我相信翅膀的力量

天空落下来我冲上去

远别世界

像远别一位假装爱我的朋友

我带梦出发永不回头

突破虚无和万丈红尘的桎梏

我向前方致敬、微笑

这是青春也是宿运

而我愿意

风里雨里云里雾里

我孤独但不鸣叫

我知道，在无形之路消失的地方

死亡张开了巨网预谋捕杀我

命中注定无法躲避

我只有飞翔啊飞翔

自由自在地飞翔

超越天空的高度超越死亡的速度

我流下的汗水将是佚史

我滴下的血将是悲诗

为后人代代传扬

狼

狼是已故森林的孤儿
狼走路无声
穿过茫茫夜色
狼泣血的眼睛
是本地唯一明亮的灯

狼用饥饿的脚步
缝补天地间的裂痕
狼忍住疲惫搜寻着
通往陷阱的捷径

乌云笼罩着恍惚的天空
狼请求贪嘴的人类
在吃尽他酸涩的肉之后
埋好他寒碜的骨头
狼发出最后的嗥叫
仿佛刺耳的丧钟
为隐约的末日而鸣

大洪水

我在江边等你
我在雨的罗网中
编织湿漉漉的重相遇
漫过芦苇的大洪水
淹没了翘首遥望的眼睛
一首从前的情歌
冉冉升起
如一只黑色的渡船
思念的日子里载浮载沉

你将于虹前穿雨而来吗
在地老天荒的等候中
大洪水常来常往
而我已无法触摸涛声
和你踏在往事上的脚步声

所有的洪水过后
时间喧哗的岸道旁
泥沙闪烁着泪珠的光芒
枫叶般血红的梦幻
飘零向虚设的天空
我轻轻撕开阳光的迷障
提着满篓纸鱼离去

故乡的云

在天空的心脏位置上
在瓦蓝的天花板上
一朵云冲着我笑
一朵俯瞰我命运的云
向我暗示着
那遥不可及的乡愁

我寂然返回故里
本想躲避卑微的生活
却不料蒙受了更多的灰尘
整个世界对我不屑一顾
而这朵洁白的云
却对我报以青睐
刺骨的骄傲,渗透内心
成为我隐藏痛苦的资本

亲近自由的人
反抗喧嚣的人
多么渴望这难得的宁静
没有泄密的风
没有虚伪的彩虹
更没有谁知道
我对云的痴情

云在天上
我在地上
我们就这样相视着
感受到了久违的幸福
直到我再次迷失自己
直到她重新化为一滴
神的眼睑挂不住的泪
以遗忘的加速度
砸碎我的心

故事到此结束
后来是新的描述
天空换装了新的吊顶
另一个我来到这片废墟
彼时彼刻
我可能看到一朵祥云缭绕
也可能看到万里无云
或者，我什么也不看
只是像落叶一样地飘过

知音

我把自己精美地切分
把一首首有血有肉的诗
赠送给心事重重的人们
我期望在荒漠
或者在漂泊的海上
成为有益的精神食粮

当各奔前程的人们
行色匆匆地闪过
我就忍住泪水
捧着无人阅读的诗集
默默地歌颂知音

酒碑

我对酒有着鱼水深情
农门出身的酒
我结伴漂流的恋人
紧紧握住我的手
为深入内心的伤口
消毒祛痛
在目露凶光的世界上
我们除了相互拥有
便贫寒得一无所有
我每天躺在她的怀里
把颂歌举过苦恼的头顶
比水清白
比爱热烈的酒啊
当我忍住泪水的时候
最先湿润的部分
就是与酒接吻的嘴
我用皱纹密布的青春
为她树立活生生的墓碑
写下这难得糊涂的诗章

本心

我要回到我自己
重新开始有错误的生活
在修改自己的过程中
向往完美
我知道自己错误很多
为我纠正错误的人
曾经潮流般涌动
我不愿溺死其中
我要回到我自己
高尚或者卑鄙的人
我绝不加入你们
我不相信你们的完美
让我有错误地活着吧
不要用手术刀
将我撕得粉碎

菩提

万水千山以后
我该怎样地忆起
两条肩并肩的小溪
在凉风吹皱的梦里
逐月光而逝

凋零的泪花
无法愈合的往事
弃于流水
落叶的枯舟之上

我披着袈裟
隔逝者如斯
重重迷障
无视你
目不转睛的回顾

人质

我与生活
一直保持着
不远不近的距离
就像我一直停在
不明不暗的状态
但当我加速赶路
想彻底甩开生活的时候
它却把黑暗之爪
刺入我的身躯

生活绑架了我
押着我从熟悉的村庄
到陌生的城市
这里无人认识我
所以它放肆地
没完没了地折磨我
偶尔有风探听消息
它便把我转移到
又一个被遗忘的角落

"镂空你的头颅
敲碎你的傲骨"
生活恶狠狠地说

"我愿以肉体献祭
但不会出卖灵魂"
双方就这样长期对峙

受尽千般凌辱
万种酷虐
我发誓用一生记录
生活绑架我的证据
可谁是最终的法官
判决书会怎么写呢

名声

我穿上名声

以多欲的姿态走路

世界躺在下面

变幻着色彩

不停地满足我

善或恶的愿望

在生活的舞台上

我表演的也许不是自己

名声如此肥大

而我如此瘦小

它占据着我

役我为奴隶

它驱赶着我奔波

直至地狱门前

最后毫无顾惜地脱下我

扔进不为人知的坟墓

它要继续旅行

但会四处碰壁

真名

我的真名只我自己知道
我将真名仔细地收藏
而将假名出卖给别人
他们叫我
他们叫的其实并不是我
所以我无动于衷从不答应

如今我将真名告知与你
你可得仔细地收藏
不要当着别人的面叫我
不要在快乐的时候
忘情地叫我
而必须带着真诚
在万分需要我的时候呼唤我
无论千山万水
无论千难万难
我都会答应你
深深回应你

旁观者

不要用有情或无情
给秋风的背影定性
看门狗知道,秋风过处
河边的树叶鼓完掌后
飞速与流水再续前缘
游子的目光翻过墙去
与浪迹蓝天的白云
又觅到情投意合的默契

太阳从虚无的缝隙
露出因熬夜而浮肿的脸
继续为世间传递光的消息
而世间充满了猎手和猎物
独善其身的稻草人
痴痴地望着地平线

冬天就伺俯在秋风的背影里
花儿不辞而别
善良成了最后的风景
此刻,不要用赞美谎言的吠声
打断一棵老树的白日梦
在梦中,他拥抱了另一棵树
那是他自由自在的前生

上帝的眼睛

每时每刻
上帝都看顾着
面带微笑的凡人
佩戴面具的走兽

每一颗星星
都是上帝的眼睛
月亮也是
太阳也是

而乌云
不过是副墨镜

谁的一举一动
能避开
上帝的垂视

刺猬

夜半闲步，多次遇到刺猬
其中两只在草丛中窸窸窣窣
我本想无所谓地走过去
但一只露出头来，我呵斥了一下
它便一动不动，装作
与这个世界无关的样子

我端详了它一会儿
觉得它缩头缩脑的态度
还是很认真的，跟我
冒充有刺的人生也没区别
于是回家，钻到被窝里
做上一宿的春秋大梦

石榴

石榴躲在秋天的怀里
她的羞涩让我心动
每当放下凡尘俗事
我都愿闻一闻她的香气

从花开始
到脸蛋染上红晕
在这醉生梦死的时代
石榴守持着孤洁与本分
不因经风历雨而自怨自艾

石榴的姐妹众多
遍布山野和城市
她们全都质地淳朴
本性隐忍而善良

听着渐冷的秋风不停传诵
时光大好的谎言
石榴咧开了嘴
光笑不说话

醉人

我这辈子是越不出酒的狱了
我喜欢坐着喝酒,站着喝酒
有时也喜欢躺平了喝酒

我喜欢各种香型的酒
如今更喜欢药酒
把岁月泡出药味的酒

独酌是一种寂寞
众饮是加重的寂寞
狂饮则是想淹没所有的寂寞

一杯美酒,总在温情一刻
遇到我,而佐酒的苦涩生活
我已咀嚼得索然无味

故事的痛,何必说与人听
咽进肚里即可。泪水浸过的不快
都会化为呕吐物,排出体外

醺醺然的风,吹着茫茫大地
被古人多次吟醉的月亮
盛不满我心的酒杯

我真要活出个无所谓的样子
给上帝看看？不屑一顾的上帝
饮尽我的生命，如饮虚无

醉言醉语

告诉自己
我和我不必重逢

告诉生活
我以苦为乐

告诉黑夜
我虽恐惧,但心向光明

告诉人们
地狱可能重现

告诉流水
我愿追随落花

告诉世界
我来过,我正离去

蝉

蝉破土而出但患得患失
如同游子离开苦贫的故乡
蝉在人人装睡的夜里
费尽心机地蜕变
攀上好高骛远的树枝
跟着风声鸟鸣学习歌唱
终于练就了知了的神曲

蝉的自鸣得意孤骄傲物
多像一个自命不凡
却毫无用处的书生
其实蝉没有欺世盗名的意思
只有稍纵即逝的欢愉

日子踩着日子的影子疾进
吹散浮云的风
把一些眼前的事情
吹到了脑后
树木开始卸下盛装
林子重归寂静
一条不成气候的小路
伸入蝉噪遁去的冷秋

薄如蝉翼的梦想
随绚烂的夏花飞落
天更空更蓝了
放弃江湖的游子
回首时起雾的眼睛
望故乡望得隐隐作痛

虚渡

这是一个空虚的渡口
白天无人,夜晚无人
停在岸边的空舟举目无亲
偶有闲云野鹤飞过
也未惊起任何波澜

一种怪异的漂流瓶
早已装走我的诗和灵魂
待在来世打开
我把孤独投射到水面上
好与日月产生些微辉映

逝水中迁徙的光阴
默默召来了遗忘
我两眼空空地盯着渡口
彼岸的山峰也在盯着我
她静若处子,等着我转世

路过人间

叶落秋黄,故人西辞
我把一生过成了往事
散漫萧瑟的旅程
一时难以理清头绪

弃绝红尘,红尘本无我
江湖在夜色里结冰
而雪山、大漠、幽洞
又依次出现在我的梦中
郭靖、杨过、令狐冲
都是我欲结拜的兄弟

我在济南错过了南
在北京找不到了北
身在江湖,却此身无寄
我丢失方向的时候
也丢失了青春。我不再
计较道路的是非曲直

我的眼里装满浑浊的江湖
虽一条苦命在岁月里挣扎
但仍旧笑傲人间
侠魄英魂归去来兮

我转身化为一只雄鹰,在高处
享受着空前绝后的孤独

放不下的世人忙忙碌碌
唯有死神在耐心等待
但死神还不想拦我
只是冷冷地对我说
江湖路远,不送
儿女情长,勿念

红叶

一片红叶像鸟儿一样
飞舞着落向大地
暂时享受着失重的快乐
寂静中传来它的狂呼

在飘飘然的高处,红叶
俯视着大地,俯视着
即将到达的归宿
一阵风中的颠簸
让它看透了悲欢离合

它忆起对树刻骨铭心的爱
树也曾做出过挽留——
"一切深情都不及岁月的辜负"
不知明年是否有新叶
代替它继续表达

红叶以飞舞的姿势飘落
仿若驾驭着灵魂穿行世界
它轻轻落地,而一小块泥土
从此覆盖上了阴影

远方

远方以各种手段
诱惑我，折磨我
却从不真心地靠近我

就像遥不可及的自由
比命运更紧地
缠绕了我虚妄的一生

就像蓝天用白云作饵
钓起了我的仰望
可她明知我已晕头转向

因为忽视眼前
我宠坏了薄情寡义的远方
落了个一无所有的下场

降温时我怀抱阳光
这是我仅剩的小小的
暖暖的幸福了

疲惫中反有一丝奢念
欲将世界和远方
收进我伤口似的心

理想与现实

理想与现实
是我用心养的两个孩子
他们不是一对双胞胎
他们甚至从不在一起

理想在身边时
我常常念叨着现实
而现实在身边时
我又挂牵着理想

我的理想是
等理想长大了
带我去远远的山巅看看
给我讲讲书中诗中
关于自由的传奇故事

我的现实是
等现实长大了
我仍旧一贫如洗
现实告诉我,贫穷
是上帝为我
专门定制的礼物

但有理想和现实

我就感受不到贫穷

当某一天我衰老死去

这两个熊孩子，会不会

因未曾同时好好陪我

而同声哭泣

回家陪父母说说话

大学期间和工作以后
我在故乡和远方之间
一圈圈地画着年轮
虽也常回去，但很少
虔敬地陪父母说说话
这次节假，在秋夜的一间小屋里
我和父母拉起了长呱

仿佛岁月传来的一种回声
他们又提起我小时候的顽皮
我不想上学只想做叫花子的事
被当成了标准的笑料
那年我意外考了个第一
也给他们带来过短暂的惊喜

谈及从前的窘迫
母亲道：那时，天像是真的瞎了
我知道他们用尽心思
把生活的苦，调制成了微甜
我和妹妹弟弟得以顺利长大
如今各自的小家庭
都过上了平凡安稳的日子
母亲立马又感谢了一遍上苍

许多人和事都随记忆散去
我模模糊糊地应和着话题
当说着说着停顿下来
我才意识到父母的疲惫
意识到他们已经老了
我能陪他们的年月无多
心中就陡然生出一丝惶惑

观沧海

说曹操,曹操到
"东临碣石,以观沧海"
——沧海中有剑影奔流在册籍上
把羊群变为书写狼迹的文字

一代代的曹操,展开厮杀争夺
一代代的白骨,翻成一波波的白浪
冲天的战火,滔天的寂灭
拖累着夕阳西下的背影

再说曹操,曹操走了
唯遗下坚冷的碣石
不动声色地凝视暗黑世界
唯遗下风,吹拂其奈他何的云朵

无限远,无限荒凉
从历史中转身的我,对着大海出神
但是大海,专注于打磨破旧的日月
偶以白眼视岸上之人,皆若无物

觅云

没有云的日子
我的心比天还空落
好在有风,好在
我有用不完的闲情
可以在无边的寂寞里,觅云

因了彻头彻尾的阴
或者瞒天瞒地的晴
我才看不到一朵云
从尘世边缘急急赶来的云
它累到哭的时候
我的心也会一紧

云上是仙,云下是人
而我只看云。云动
我的心,愿动则动
不愿动则定

看云

我每天都淡然经过凡间
今日停在了初秋的道路旁
看看城市上空的云
天像个巨大的屏幕
一朵朵云,是我用眼睛
打上去的标点和字符

久未谋面的小凉风
从背后,一下子抱住我
其实以前我暗恋过她
但她躲了我整整一个夏季
今天我只想看看云
并不嫉妒她撩开别人的衣襟

云有没有故乡,云去往何方
如果时间不老,云的身世里
会不会藏满水的记忆
轻灵又滞重的云
时而柔舞时而含泪
云的故事,只能让雨来讲述

看到云哭了,我低下头来
思索着自己的命运

忽然某种情绪

击中我忧伤的穴位

但我还是顽强地笑着

尽管已经湿透全身

自我催眠术

眼睛睁得生疼
视网膜快脱落了
也没看清
癫狂生活的真貌

黑暗之神
把一切美好的事物
都偷偷藏了起来
我还能寻求什么

再喝一杯浊酒吧
昏头昏脑了
才好假装屈服于夜晚
尽一下睡眠的本分

帝王们的千秋大梦
与我何干
我只要做好自己的小梦
就可以放声大鼾了

为驱走失眠这匹恶狼
还得举行个数羊的仪式

晚安，世界

你我皆在梦中

在林间

秋日迟暮时分
我步入暑热过山去的林间
一些零散的野花
还在与世无争地开着
难免遇见岔路
不管往左还是往右
我努力保持向前

林间空大，树木森严
但它们缺乏灵魂的共鸣
所以每一株皆为孤独者
在这乱世虫鸣中
我唯一的心音
就是：静

当阵风刮擦弱枝
发出杂乱的噪声
如鸦雀唱起不着调的赞歌
我真想冒犯下大树
在它面前展示自己的顶天立地

有故事的人都流过泪
没故事的人都死在了梦乡

黑暗又开始积聚力量
意欲统治世界
我不想离开也必须离开了
我快速穿越林间
回到已空无一人的人间

今夜，流星是最大的伤疤
弃别是我最后的归途

你好,忧愁!

忧愁急着要离开我
而我却难舍难分
我想尽办法挽留她
我知道,别后将是无趣的思念
何况不久便会再见

因为对爱的痴迷
或者对真理的执着
我和忧愁有剪不断理还乱的关系
我曾经除了忧愁一无所有
而忧愁,除了我
也没心情搭理别人

我多次尝试用酒浇灭忧愁
结果却把忧愁
从脸上浇到了心里
甚至沉落进我的梦里

忧愁,是上帝
送给我生命的礼物
上帝不把我们逐一召回
我和忧愁就无法彻底分开
如果上帝允我说最后一句话

我会说：我拥抱过忧愁

我不枉此生……

苦月亮

月亮被夜封控了
那么无辜,那么孤独
闻风而动的云儿,像是
要给她戴上起皱的口罩
天空也感到烦闷不自在
流星策马扬鞭地远遁
但没逃出夜的掌心
后来成为苟活的凡星
佐酒的笑料。大宇寂寂
天上地下恍如废墟
月亮无助地望着我
而我的灵魂正飞往高处
去找寻隐在夜里的太阳

降温

秋风薄凉，人间降温
落叶们开始排队
去屈尊赴死

山林用枯黄之色
向生命发出警告
——寒冬还在后边

我立在秋风中
拦住一片落叶的去路
从我面前经过的人
都有着斑斑锈色

谁愿和我组成人墙
阻挡世界的荒凉

死神其实是个孩子

死神其实是个孩子

他开着一辆满载虚无的大车

轰着油门冲向

被黑蝙蝠下咒的人群

他迅速地变换伪装

戴着小白帽

穿上白色的衣衫

扮作无常离开现场

死神其实是个孩子

他用人生的碎片

拼出各种怪相

他给吸烟者点燃火柴

给死刑犯合上忏悔的双眼

给海难者藏起揉皱的船票

并且流出了鲨鱼的眼泪

死神其实是个孩子

他自由自在孤孤单单

所到之处狼藉一片

但他觉不出人们的惊惧与悲伤

他命令鸟儿停止歌唱

因为一朵花儿

在他的抚爱下死亡

面对死神,面对
这样一个千万年也长不大的孩子
人人都哭笑不得
唉,死神
这个不懂事的孩子
还是离得越远越好

冬 心沁雪

火山花园

一匹马在奔跑
一匹满载爱情的马
在露水哭过一遍的原野上
令死去的火山恢复了记忆

一匹寂冷的白马公主
有着长长的迷人的鬃发
我能从飞逝时光的任何一个点上
石头人似的望见她

珍藏在心灵暗箱中的肖像
被飞来的手指划破
牛郎织女未能把天上银河拧干
铁打的爱情都已消散

一匹满载落叶的白雪之马
走过了秋水和浮冰之路
踏着我心碎的鼓点
向时间的陷阱深深坠去

在爱情回归线北侧
我的伤口默不作声

我的目光像断翼的信鸽
我的火山花园漆黑一片

孤形远影

我和我的影子,像命和运连在一体
世界分两个层级
明亮的一部分,阴森的一部分
我和我的影子,穿越混沌
始终不离不弃
但我不会因有影子
就彻底背叛了太阳

当年我一意孤行去流浪
影子几度慢我半拍
比如我离开老家,成为
故乡眼里容不下的一粒砂子
影子就走得稍慢半步
他在我出门时曾扼腕叹息

我碰见过无数路灯
它们紧守着黑暗的秘密
并不给我指引方向
在猥琐的角落里,胆小的影子
委屈地哭,不料声控灯亮了
照出生活难堪的一面

我怕转身再也见不到影子

每晚都枕着影子入睡
倘若不幸遭黑夜暗算
我想保住影子的安全
希望他能变成光明正大的人
而时间在枯萎，影子在破碎
我的泪、滴，入骨三分

寒意

语言被冻住
悬在空中,但不似利刃

老天的脸色阴沉冷漠
雪想下又不敢擅自做主

一片落叶蜷缩在泥堆边
找寻着不存在的安全感

我有一首没唱出的歌
卡在喉咙里,或将会变成暗泣

谁有通天的本领
能让明日阳光暖和起来

雪

雪落到我的心里
冻伤了银亮的翅膀

我刻意修饰的雪人
眼角的泪痕若有若无
而梦的碎屑四溅
在风起的时候
乌鸦穿上素色丧服的地方

春天已在孕育中死亡
我的心持续降温
埋葬记忆的雪
拒绝阳光和融化

晚祷

一生只照耀我一次的女人
我仍流连在你的周围
为了能被你随时呼唤回家
我不曾让苦闷的心
呻吟着走远

遮蔽过我们的浓情浮云
始终未离我的头顶
并且在今晚落雪纷纷
我把记忆一截截点燃
把等待烧成灰烬
依旧感到寒冷的滞重

我在内心的神殿徒劳地祈祷
你丝丝长发化作霞光
再度将我温暖或者诱伤

寒友

一场大雪
使冬天的脸色变得苍白
使离家万里的朋友
素装而至

两袖寒风的朋友
没有送来木炭
在这大雪纷纷的夜晚
他为我送来了
珍藏了一生的温情

我们用唾沫星子
引燃潮湿的记忆
我们都是从爱情事故中
死里逃生的人
所以习惯用伤口
来互相安慰

天亮的时候
他随着汽笛声飘远
我看到窗外的天空
依然布满云的皱纹

朋友

朋友从远方飞来
坐在我的对面
朋友的眼睛
温暖而明亮

苦难来临的时候
一切都离我而去
只有朋友,只有朋友

从远方飞来
坐在我的对面
我的眼睛
看得很清楚
朋友身上没有翅膀
他是两肋插刀飞来的

放牧雪花的孩子

是一位雪孩子领来了冬天
是一位放牧雪花的孩子
亲眼看见了
上帝的白胡须有多长

是一位拥有贫穷和善良
这两件传家宝的孩子
在黎明金色的画卷上
与清冷的风一起曼舞
她踩到了大地深处
生命绵延的鼓点

是一位被上帝选中的孩子
把白雪的羊群
赶回了老家
无论她走在哪条道路上
都能遇到
一张张村庄的笑脸

人海浮漂

母亲不是精卫
没有填海的愿望
她只是随手一扔
我这块薄薄的小石片
便开始在海上打漂
紧贴着时间滑行

所有的不幸
皆来自这样一种比喻
我就像母亲发出的邮件
收信的人,等在对岸
我必须经风历雨准时到达

沿着波浪的梯子
攀上废弃的船板
又头重脚轻地栽下
起起落落都是岁月
我在人海中久久漂泊
母亲是要把我
寄往死神的手中吗

长夜

黑暗捷足先登
攻占了整座城池
失去光华的夜明珠
也被黑暗劫夺

找不着北的风欲哭无泪
满世界乱窜的
还剩下几个人类
梦翻弄着真理的面具

误入冬夜的流星
奋力挣扎着试图逃脱
但他已成黑暗的对立面
最终坠落在更深的黑暗里

夜会一直黑到天亮
这是古往今来
貌似正确的铁律
受诬的春光被阻隔在远方

敢于正视黑暗的真面目
需要拿出发亮的勇气

所有的路灯都想对夜说
不要黑上加黑一错再错

舞雪

想再给春天写封信
但当时离别得太匆匆
春天未及留下
她的住址

独行在人潮中
踏遍一座城的寂寞
命里注定的雪
飞舞起来

我把每朵雪花
都写满情诗
落款是我年少时
带有青色锋芒的名字

我把每朵雪花
都寄往春天
希望她能收到
我萌动如初的心

影子在敲门

影子在深夜敲门
他被我落在了外面
天很冷，霾很重
他咳嗽的声音很大

他好像受了路灯的伤害
那个自以为高明的说谎者
暂时迷乱了他的步伐
但他仍能寻到我避世的角落

我赶紧把他领进屋里
多少年来，我和影子
同甘苦共荣辱
我们是相依为命的兄弟

每个人出生时
上帝就给配置了一个影子
违背天意鬼影憧憧的人
渐渐失去了灵魂

我是一个捡拾真理碎片的人
我只有一个破旧的影子
即使全世界抛弃了我

影子也会默默地跟随

我和影子又融成一体
一起咀嚼着无眠的孤寂
不论是开灯还是关灯
我们反胃的，都是无尽的黑暗

时间的王国

勉为其力的秋皇

亲自巡视北国

在一条白雪的路上

被一阵冷风吹倒

从此因病休息

退出了世俗的节序

时间的王国，春夏秋冬

轮流着佩戴王冠

近期除了秋皇逊位这件事

没有其他新鲜事了

秋皇留下的遗产

那些随风飘舞的落叶

上下翻飞，左右腾挪

很快适应了冬天

而我被囚禁在暖气房里

一边喝着老酒

一边感念着秋皇

迷迷糊糊地觉得

自己越来越老气横秋

时间的王国，终于迎来

再一次草木重生

大地又陷入一场春梦

仿若实现了灵魂转世

我艰难地挣脱桎梏

逐渐忘掉了秋皇

决心不负春光

穿上生锈的铁鞋

满世界去寻找

心胸能容下王国梦想

却拒绝相信梦境的雄鹰

晚雪

冬雪姗姗来迟
大地像老来得子般欢喜
而我于荒茫中静静发呆
雪花惨白的火焰
燃烧着干枯的冬天

千佛山挺着胸膛
不理北风的飞短流长
我的时空变老视野渐低
雪花似乎有意地
舞出了一曲如梦令

我以雪和诗命名的孩子
一个牧雪远走难再相见
一个正习诗诵词描画春天
我摘取两朵梅花祝愿她们
追从幸福永不停步

雪把青丝尽染成白
我隐入一个雪人的躯壳
等阳光迟疑地照射过来
我便和影子一起融化
不想留下泪花的水迹

白雪王爷

雪落在蒙尘之城
却遭遇市人的嫌弃
忍受了万民践踏
还是被清理进排水沟
唉,可惜啊一场好雪

我今白发如雪
故自封为白雪王爷
虽然痴痴狂狂
但不会像雪一样死寂
落在不该落的地方
还保留着一身好脾气

当此处不留王爷
我便骑着白雪的宝马而去
远行到桃花盛开的宿地
藏起洁白似玉的王冠
让蜜蜂帮我哼一首
比飞升成仙更快乐的歌

冬天的赌局

冬天拉我进入一场赌局
他板着脸,用北风
那套重复了无数次的谎言
来奚落我,用北风的钩子
逼我锁紧衣领和傲气
曾经厚道的世面
渐渐变得凉薄。接着
他又甩出一条龙的梅花
迫使我输掉了上半场

雪是他最后的王牌
在大雪压覆之下,风吹
也见不到草动了
但命运把我这枚钉子
楔进冷硬的生活
就是为了坚持到底不认输
直到春天,时来了运转
我亮出遍地红花的底牌
才最终赢下这场赌赛

无头鸟

梦里我变成一只无头鸟
在似是而非的天空上
没头没脑地飞
没完没了地累
找不到一朵云彩
愿意做我的陪衬

只有冒充真理的太阳
懒洋洋地挂在天上
只有我乌云般的太息
呼唤着内在的雷霆
而时光的幻象崩塌
如我纷乱的落羽

我渴望自由的飞翔
但自由是被围的
一堵无形的墙
碰得我心惊胆战
质押给大地的影子
使劲地把我拉向地面

我总会在临近深渊的
关键时刻醒来

这是我敢于做梦的自信
当安分的鸟儿唤醒日出
梦回到它虚幻的故乡
我重返方向不明的旧途

家中闲篇

吃了世界的闭门羹之后
我就躲回家里,做个闷葫芦

我的妻子,一位非典型的洁癖
眼里容不得星点闲杂
她随时打扫着房间
偶尔,看我的眼神
也有要下手的意思

但她终未动手
只用嘴絮絮地数落着
可能,她念叨的
是爱的不等式的另一种算法

烂漫的小女儿
用开花的心情
装点着家庭的气氛
我又感受到了春天

我掏出在外蒙尘的心
置于灯下,以光冲洗
让它重新亮堂起来

诗

词与词耳鬓厮磨
说着我听不懂的暗语

句子和句子搭建房子
他们有情有意
生下一群诗的孩子

这是个灵动的世界
我是个有灵性的助产士
见证了每首诗的诞生

血酒

眼里摘掉了远方
心里切除了希望
盲目的我失去了血性
血对我没大作用了
干脆把它们封藏在体内
慢慢酿制血的烈酒

用仅剩的一点热情
加温发酵，加水蒸馏
我曾经沧海
存了一肚子苦水
正好派上用场

我还有独创的忧伤
天下无人可以模仿
在这个沸腾的国度
只有我愿狂饮寂寞
但胸中的块垒
从未冲落到地上

日子逐梦而逝
我八拜之交的风花雪月
都转身离去。最后时刻

死神会留下来
陪我饮尽生命的血酒
窗台边列队的空瓶子
那一排排的独眼
绝望地瞪着虚无

生活之下

我并不喜欢这个世界
可既来之,就以漠视的姿态
悄无声息地活着吧

曾经畅想过诗与远方
渴望被美丽的风景活捉
却在夜与夜的缝隙里苟且
我痛恨自己的平庸
又无力逃脱命运的捆缚

唯有活着,才对得起
我经受的所有苦难
我索求的目标一降再降
早就远远低于生活
人们常说,明天一切都会好的
那但愿今天是明天吧
这是我最后的痴念了

我已面露土色,或者
我有了石头的表情
生活之下,我还有梦在飞吗
当被冷硬的生活彻底压扁
离尘而去的灵魂,将永不再回头

寂静之地

我突然陷入寂静之地……

对于声音,每个人
都保持着天然的警惕
风不敢唱歌也不敢哭泣
一声鸟叫,大家无动于衷
一声雷鸣,更显出旷世的寂静

日月星辰仍在照耀
只是失去了表达的意义
我看见那些木头木脑的人
有的做着开花的梦
有的已全身冰凉

原本我在一处停留久了
内心便会被远方召唤
但这寂静之地,我竟无力拔足
——所有的道路都成了歧途

或许还有种子,在沉默的
底层,咬着泪水发芽……

悲

北风在冷冷地吹
吹响了我的忧伤
而我本是木然肃寂的
隐居在生活盲区的闲者

寒冷啊寒冷,穿透了
皮肤,刺破了肝肺
安于宿命的落叶
又覆盖了多少新坟

星星被钉在夜幕上
睁着惊恐的眼睛
那些飞往天国
仍衣不蔽体的灵魂
令我想大哭一场

而我的悲凉如水
并且已经结冰
我熄灭心灯,给绝望
留下一个封闭的疤痕

空庙

神死了
泥像还在

一张蜘蛛网
连着泥像和土墙
描绘着
神的虚妄

风吹落人间
一个个的痴梦

落寂山

我把家门南边的小丘
命名为落寂山
它从沉沦中突兀而起
成了附近平地的异类

历史行经此处
一定省略了什么
让它无名无姓至今
我迎着冷眼的阳光
背负着影子登顶

残叶都落尽了
在春天重临之前
树木虽秃却已了无心事
我碎落的人生也乏善可陈

我用全身的寂寞
拥抱着它。它用它的寂寞
拥抱着世界的空虚

自悟

曾有许多痛苦
就如扎进生命里的刺
时间久了,无需拔出
也成了肌肉的一部分

一个人初心歪了
这辈子都走不上正路
所有的生离死别
皆为验证有舍有得

迷途

酒后失去骨气
竟想跟着影子回家
但路灯指定的梦乡
时断时续时有时无

此城此夜,觉不出地球盲动
只因我浑然醉了

摘下华盖的行道树
恰有几棵为站姿正确
而在带雪的风中痛哭

吾之彼我

我躲在命运的窗口
若无其事地打量一个人
他有着我的样貌
年轻时也曾胸怀大志
如今被生活磨得垂头丧气
但还没完全举起白旗

他心神不宁步履迟缓
这辈子所有走过的弯路
我都看在眼里，虽不认同
也从未表示反对
我心无旁骛观察着他
却并不想跟他打声招呼

臃肿的肉身，瘠瘦的灵魂
他是游离我外的彼我
是相关又无关的另一个人
我们隔着心扉，他不进来
我不出去。偶尔用酒杯的碰撞
传递下残余的激情

无法言说的苦痛纠结在一起
我们流亡在暗黑的河上

人间灯火迷离，潜行的岸起伏摇荡
彼我或将回归此我
我感到他正不安地靠近我
他要与我沉沦在逝水里

我和我的孤独

我和我的孤独
偏安于生命的一隅
我每天带着他
在人群中散步
偶尔俗套的市声
或虚惊一场的雷霆
打断了我们的交流
但我们另有默契

孤独是我雨中撑起的伞
隔绝了浑水和路人
我们相处久了
早已分不清彼此
我就喜欢看着孤独
在我面前晃来晃去
甚至从我的体内
自由自在地出入

我愿倾墨而书
写尽我的孤独
我是一个无聊透顶的文人
不融于世界
又无法自成世界

只能用词语弹奏日子
眼前碎落的时光
空响着孤独的回音

一棵大树摇动
被迫给予狂风赞美
我把自己缩进孤独里
没人知道我的笑脸上
藏着若隐若现的泪滴
这尾大不掉的孤独
是我最初的无奈
也是我最终的归宿

陪一座山看一朵云

沿着时间的台阶
我走到了中年
爬到半秃的山顶
碌碌中停步小憩
陪一座茫然的山
看一朵黯然的云

他是过午蓝天上
一片孤独的灰
在云的世界里
估计今生难寻到知音了
我和他对望着
双方都闪动着泪光

他来自哪里又去往何处
他弃掉肉身升到虚空
是不是我丢失的灵魂
夜色降临,他含着泪飘远
而我也要摸黑走下坡路了
山,有了比夜更重的沉默

心中有座寺

离尘世远些，再远些
除了风花雪月和鸟鸣谷应
不要再有任何喧嚣
比灵魂高些，再高些
让天堂悬于头顶
让山因这座小寺
而独具仙韵道骨

不忍见人间悲苦大地泪流
就让生命之舟渡向彼岸吧
落进心里的尘埃
压灭了最后一星火苗
佛在寺中闭目养神
树木肃静，没有哪一棵
愿意走漏风声

浪子浪迹到路的尽头
回首看过往的俗事
风抚摸了下山顶
指了指寺旁的蓝湖——
净水无忧，却为什么
画出那么多的问号
沉默将代替鬼魅作答

夜行人

夜路难行，而我
眼里更被灌满夜色
我燃起良知照路
虽通体透明，别人
仍视我为鬼魂魅影

我顺着草根行走
那些活在聚光灯下的人
天生拉开我一个世界的距离
星星眨着困惑的眼睛
故作天真地盯着凡间

前方定有火苗，躲在
绝望的灰烬之中
所以我并无怨尤
也不想描述行走的意义
因为可能根本就没有意义

夜路如此漫长，但我清楚
只有穿过黑夜，才能见到太阳
当与黑夜道别时
我会说：谢谢你
让我打磨出一颗透亮的心

老火车

一列老火车停在记忆里
喘着粗气等我勾勒清楚
它的停靠地,不像是起点
也不应是终点,或许
仅仅是中途一个无名小站

那是一列驶往春天的火车
当它鸣响浪漫气息的笛声
鲜花便铺满了人间
我又看到了那些花样灿烂的脸
闪耀着明媚的青春之光
其中我爱的,如今依然爱着
偶尔恨过的,早已经忘记

那是一列从春天发来的火车
它即将加速,奔向
一望无际的时间的荒原
我纵横千里只为真理
却莫名其妙成了
被青春和世界抛弃的人

那是一列越来越空荡的旧火车
许多说再见的,此生再未相见

而往后已无停靠之所
它只能按部就班地穿过记忆
消失在梦的极限

日子

我把昨天安排在今天之前
只为看清时光的尾纹

我把明天安排在今天之后
只为给每个碎片写上希望

今天,我要把它过得
比昨天好些,却无法好于明天

这是我一生的悲哀——
我就像一小块缀在日子间的补丁
而日子间的漏洞过大

远方已远

我曾和青春结伴流浪
探寻理想和远方
那时我瘦如利剑
披荆斩棘从无畏惧
只盼走得越来越远
最好比世界还要远些
如今已懂得江湖的
寂寞。只愿待在陋室
和亲人们一起
享受小家子的幸福
享受：一边虚度此生
一边回忆青春

太阳月亮和我

太阳是孤独的
月亮是孤独的
我也是孤独的
太阳和月亮
都自带孤独的光芒
为我的孤独增光添彩

茫然人世间
我的目光伸向远方
连接着荒草般的虚无

我把孤独深藏于怀
但必须用力捂住
我怕一旦松开
孤独便会跳了出来
太阳和月亮看得明白
我心即我归宿

熬夜

年后，夜开始变瘦
时间的空隙里
总有星辰在坠落
我已失去很多流星朋友了

端起酒杯，忧愁后退
我加入迎接黎明的人群中
妄图熄灭我眼睛的黑
阻挡不了我挣脱噩梦的念头

气候尚冷，我仍需燃烧
我的骨头是硬得发光的
虽不能为盲人照路
但微光里自有明媚的力量

焚心

让火燃烧
让幻影像灰烬一样
葬于寒梦的深处

把能烧掉的都烧掉吧
溪流已赤子般进入春天
那复活的溪水
映尽了春光的美

大雪曾差点消灭了
一切不愿漂白的事物
今后将踪迹难寻
希望之神守护着
我黯淡无边的梦境

万众都在沉睡
只有我的心先醒了
我敞开肉体
解放了灵魂

燃烧我的心吧
燃烧你的心吧
让每颗心都发出光的力量

让我们在死亡之外
穿越残壁再相会

后记

以激情作诗，用生命吟唱。

诗和远方，是我青春时的梦想。当年远赴大西北读书，写诗成了最浪漫的事。青春曲曲折折，诗行歪歪斜斜，但诗融入了血液，一生涌动。我用诗代替足迹，告诉世界我曾经来过。

其实写诗犹如在感情的深水里沉溺，诗成，则完成了一次自救。让·弗朗索瓦·米勒说过："倘使要使别人感动，首先要自己感动。要不然的话，再怎样巧妙的作品都绝不会有生命。"故而，诗必须能够引发与读者之间心灵的振动。

安东尼奥·拉莫斯·罗萨认为："诗歌是为了语言而对语言的创造，但诗歌不是对现实的抽离，它是将不同的意义汇聚成一个整体的现实。"我亦心有同感：诗是情感和语言之作用力与反作用力的经验表现，是生命浪潮的回波，是灵魂存在的另一方式。宏大一点来说，诗就是撬动梦想的杠杆，每个词语都是支点。

说实话，我不知道没有诗意的人，他的灵魂何所寄。在越来越物质化的社会里，保持自身的诗性，即便并非出于对诗的喜爱，也是一种对庸俗生活的鄙视。

感谢周绚隆、刘琼等同学的支持鼓励，感谢孟科老弟的鼎力挺助，感谢每一个有缘相遇而彼此打动的灵魂。

　　再重申一下：诗是生命流动的乐章，是感情经历和人生思考的文字流淌。让诗流淌，让爱永存！

图书在版编目（CIP）数据

火山花园：燃情诗选 / 陈响林著 .-- 北京：文化艺术出版社，2023.12
ISBN 978-7-5039-7572-1

I.①火… Ⅱ.①陈… Ⅲ.①诗集–中国–当代
Ⅳ.①I227

中国国家版本馆 CIP 数据核字 (2023) 第245683号

火山花园——燃情诗选

作　　者	陈响林
责任编辑	柏　英
责任校对	董　斌
书籍设计	悉　闻
出版发行	文化藝術出版社
地　　址	北京市东城区东四八条52号（100700）
网　　址	www.caaph.com
电子邮箱	s@caaph.com
电　　话	（010）84057666（总编室）　84057667（办公室）
	84057696—84057699（发行部）
传　　真	（010）84057660（总编室）　84057670（办公室）
	84057690（发行部）
经　　销	新华书店
印　　刷	国英印务有限公司
版　　次	2024年1月第1版
印　　次	2024年1月第1次印刷
开　　本	710×1000毫米 1/16
印　　张	17
字　　数	170千字
书　　号	ISBN 978-7-5039-7572-1
定　　价	79.00元

版权所有，侵权必究。如有印装错误，随时调换。